80 Jahre Frieden

Vom Oberbergischen bis Köln

Autorin

Monika Pistel

Geb. Decker

Vorwort:

Die Geschichte, die du in den Händen hältst, ist die eines Mannes, der nicht nur den zweiten Weltkrieg überlebte, sondern auch den Verlust von allem, was er kannte und liebte. Es ist die Geschichte von Karl, einem 15-jährigen Jungen aus Gummersbach, dessen Leben von einem Tag auf den anderen auf den Kopf gestellt wurde, als er und seine Schwester Luisa gezwungen wurden, ihre Heimat zu verlassen und in einer Welt voller Unsicherheit und Gewalt ihren Platz zu finden.

Die Erlebnisse, die hier erzählt werden, sind nicht nur die eines fiktiven Jungen und seiner Schwester. Sie spiegeln die Schicksale von Millionen wider, die in den Jahren des Zweiten Weltkriegs und danach auf die grausamsten Prüfungen gestellt wurden. In den Trümmern ihrer Heimat fanden sich nicht nur zerstörte Städte und verlorene Familien, sondern auch ein unerschütterlicher Überlebenswille, der den Weg in eine ungewisse Zukunft bahnte.

Karl und Luisa sind mehr als nur die Protagonisten einer Erzählung – sie sind Vertreter der vielen Menschen, die nach dem Krieg mit den Wunden der Vergangenheit kämpften, die nie wirklich verheilten. Ihre Geschichte ist geprägt von der unermüdlichen Suche nach ihren Eltern, nach Identität, nach einem Platz in der Welt. Doch ebenso trägt sie die Botschaft der Hoffnung, des Neunbeginns und des Zusammenhalts, der sich selbst in den dunkelsten Stunden des Lebens nicht unterkriegen lässt.

Es sind die kleinen und großen Momente des Lebens, die im Angesicht des Krieges einen neuen Wert bekommen. Der Verlust wird zu einer Quelle der Stärke, der Schmerz zu einer Erinnerung, die nie verblasst. Am Ende zeigt sich, dass die wahre Bedeutung des Lebens nicht in der Frage liegt, wie viel man verliert, sondern wie viel man trotz allem wieder aufbauen kann.

Dieses Buch ist ein Zeugnis für all jene, die gelitten haben, die ihre Heimat verloren, und durch ihre Entschlossenheit und Liebe den Weg in eine neue Zukunft gefunden haben. Es ist ein stiller Tribut an all diejenigen, deren Stimmen in der Geschichte des zweiten Weltkriegs oft ungehört bleiben. Ihre Erlebnisse, ihre Ängste, ihre Hoffnungen und ihre Träume sind in dieser Erzählung eingefangen.

Möge diese Geschichte dir nicht nur die dramatischen Momente eines erschütternden Krieges nahebringen, sondern auch die unerschütterliche Stärke der Menschen, die ihn überlebten, und die tiefgehende Bedeutung des Wiederfindens – sowohl von Menschen als auch sich selbst.

Für alle, die sich nie beugen, niemals aufgeben und stehts an das Leben glauben.

Kapitel 1 Ein fast ganz normaler Tag

Der Regen hatte am frühen Morgen aufgehört, und die Straßen von Gummersbach waren noch feucht. Karl zog seinen Schal fester um den Hals und trat gegen einen losen Stein, der über das Kopfsteinpflaster sprang. Es war ein kühler Herbsttag im Jahr 1944, und der Wind trug den Geruch von feuchtem Laub und Kohlenrauch durch die Stadt.

Er hatte es eilig. In wenigen Minuten würde das Mittagessen auf dem Tisch stehen, und seine Mutter mochte es nicht, wenn er zu spät kam. Eigentlich hatte er noch länger mit seinen Freunden Fußball spielen wollen, aber die letzten Tage war sie so besorgt gewesen, dass er sich lieber an die Regeln hielt.

„Schneller, Karl", rief sein Freund Matthias, als sie die enge Gasse hinaufrannten. „Sonst gibt's wieder Ärger!"

Karl grinste. „Du kennst meine Mutter. Sie hört die Kirchenglocken und erwartet mich genau dann."

Als sie sich trennten, blieb Karl kurz stehen und sah die Straße hinunter. Die Stadt war in den letzten Jahren dunkler geworden. Vor den Läden hingen Schilder mit Verboten für Juden. Manche Fenster standen leer, die Familien dahinter waren verschwunden. Niemand sprach darüber. Niemand wusste es genau, oder wollte es wissen.

Er trat durch die Haustür und roch den Eintopf, den seine Mutter gekocht hatte. In der kleinen Küche saß seine Schwester Luisa und kritzelte mit einem stumpfen Bleistift Figuren auf ein altes Stück Zeitungspapier. Sie blickte kurz auf und lächelte, als Karl eintrat.

„Hast du wieder gewonnen?", fragte sie neugierig.

„Natürlich", sagte Karl und wuschelte ihr durch die blonden Haare.

Sein Vater saß bereits am Tisch und las die Zeitung. Seine Stirn war in Falten gelegt, und seine Hände kneteten das Papier. Es war nicht das erste Mal, dass Karl ihn so sah.

„Was ist los?", fragte er vorsichtig.

Sein Vater antwortete nicht sofort. Dann legte er die Zeitung beiseite und sah ihn ernst an. „Die Amerikaner sind nähergekommen", sagte er leise. „Und die SS greift immer härter durch."

Karl schluckte. Sie sprachen selten über Politik, aber er verstand genug, um zu wissen, dass es nicht gut war. „Was bedeutet das?" fragte Karl leise.
Josef sagte, „Karl, der Krieg ist fast verloren. Die Amerikaner rücken von Westen vor, die Russen von Osten. Und hier... wird jeder verdächtigt, der nur ein falsches Wort sagt."

Karl runzelte die Stirn. „Aber wir haben doch nichts gemacht."
Josef nickte langsam. „Das reicht heute nicht mehr. Es gibt Nachbarn, die andere bei der Gestapo melden, nur weil sie Angst haben oder etwas falsch verstanden haben. Oder weil sie sich selbst einen Vorteil verschaffen wollen."

Die Mutter stellte den Suppentopf auf den Tisch, und warf Josef einen warnenden Blick zu. „Nicht vor den Kindern", flüsterte sie. Doch Josef blieb ruhig. „Sie müssen das verstehen Anna. Es ist nicht mehr wie früher."

Karl schluckt. „Müssen wir weggehen?"
Josef sah ihn lange an. Dann sagte er. „"Vielleicht. Ich habe einen alten Freund in Marienheide, dort ist es ruhiger. Wenn es schlimmer wird, gehen wir dorthin."

Draußen hörte man ein dumpfes Grollen eines fernen Bombenangriffs. Die Gläser auf dem Tisch zitterten leicht.

Karl sah erschrocken zum Fenster, dann wieder zu seinem Vater. „Müssen wir Angst haben?", fragte er leise.
Josef antwortete nicht sofort. Dann legte er eine Hand auf Karls Schulter. „Wir passen aufeinander auf. Das ist jetzt das Wichtigste."

Josef lehnte sich in seinem Stuhl zurück, seine Augen wirkten Müde, als würde er das alles schon seit Jahren mit sich herumtragen. Die Dämmerung draußen machte das Zimmer dunkler, nur die Petroleumlampe auf dem Tisch warf warmes Licht auf ihre Gesichter.

„Karl", begann er langsam, „du bist jetzt fünfzehn, du bist kein kleines Kind mehr. Ich muss dir ein paar Dinge sagen, die du verstehen musst, auch wenn sie schwer sind."
Karl nickte stumm. Seine Hände lagen auf seinem Schoß, still, wie festgenagelt.

„Die Amerikaner – und auch die Briten – bombardieren die Städte, weil sie den Krieg beenden wollen. Sie wissen, dass das Nazi-Regime auf Gewalt und Lügen aufgebaut ist. Viele glauben immer noch an den Endsieg, aber das ist eine Lüge. Wir werden verlieren. Und wenn sie herkommen, werden sie nicht wissen, wer Freund und wer Feind war."

„Aber du bist doch kein Nazi, Papa."

„Nein, das bin ich nicht. Ich habe mich nie einer Partei angeschlossen. Ich habe immer nur versucht, meine Arbeit zu machen, meine Familie zu schützen. Aber das reicht nicht immer, wenn jemand behauptet, du hättest etwas gesagt oder getan." Josef seufzte tief. „Und schlimmer noch – die SS. Sie ziehen durchs Land, rekrutieren jeden, der noch laufen kann. Manchmal sogar Kinder. Wenn sie kommen und dich brauchen, dann gibt es kein Nein."

Karl wurde blass. „Mich? Ich soll kämpfen?"

„Vielleicht nicht sofort. Aber es gab schon Jungen wie dich, die eine Waffe in die Hand gedrückt bekamen. Die Hitlerjugend wird zum Kriegsschauplatz gemacht. Und du warst ja einmal dort, oder?"

Karl senkte den Blick. „Nur weil sie in der Schule gesagt haben, man muss."
Josef nickte. „Ich weiß. Das war keine Wahl, das war Zwang."
Einen Moment lang herrschte Schweigen. Dann fragte Karl, „Und was machen wir jetzt?"
Josef schaute zur Tür, dann zur Mutter, die sich ebenfalls gesetzt hatte und stumm betete. Schließlich sagte er leise. „Ich habe einen Bekannten, Friedrich, er kennt einen Weg in den Wald, über die alten Forstpfade, Richtung Marienheide. Wir müssen bereit sein. Falls es Morgen oder Übermorgen soweit ist."

Karl nickte. „Ich helfe dir."
Ein dünnes Lächeln huschte über Josefs Gesicht. „Das weiß ich, mein Junge."

Josef schob seinen Teller zur Seite, als hätte er keinen Hunger mehr, und legte die Hände auf den Tisch. Sein Blick war jetzt ganz auf Karl gerichtet, ruhig, fast traurig.

„Weißt du Karl" begann er, „es hat nicht mit einem Schlag angefangen. Es war wie ein schleichendes Gift. Nach dem ersten Weltkrieg war Deutschland am Boden. Die Leute hatten Hunger, sie waren wütend, gedemütigt. Die Politiker damals haben viel versprochen aber wenig gehalten. Dann kam Hitler – ein Mann, der laut war, der einfache Antworten hatte.

Er hat gesagt, Deutschland sei groß, besser als die anderen. Er hat schuldige gesucht: die Juden, die Kommunisten, die Fremden."

Karl hörte aufmerksam zu. „Aber warum haben sie ihm geglaubt?"

Josef seufzte. „Weil sie Hoffnung wollten. Und weil sie Angst hatten. Und manchmal – das musst du dir merken – glauben Menschen lieber an Lügen, wenn die Wahrheit zu schwer auszuhalten ist."

„Und niemand hat je etwas gesagt?"
„Einige schon. Aber sei wurden zum Schweigen gebracht. Bücher verbrannt, Menschen verhaftet, verschwunden. Und mit der Zeit... haben die meisten weggeschaut. Ich auch. Ich war jung, ich wollte nur arbeiten, meine Familie ernähren. Ich dachte, wenn ich mich raushalte, passiert nichts."

Er schaute auf seine gefalteten Hände. „Aber es passiert trotzdem. Wenn Unrecht geschieht und niemand widerspricht, wird es stärker. Und jetzt... stehen wir am Ende von allem."

Karl fragte leise, „Was passiert, wenn die Amerikaner kommen?"
Josef dachte nach. „Wenn wir Glück haben, marschieren sie ein, die Stadt ergibt sich, es gibt kein Blutvergießen. Wenn wir Pech haben, gibt es noch Kämpfe. Häuser können zerstört werden. Menschen sterben weiter.

Und wer mit den Nazis zusammengearbeitet hat, wird zur Rechenschaft gezogen. Manche unschuldig, manche nicht."

„Und was ist mir den Juden? Die aus dem Haus gegenüber...?" Josefs Gesicht wurde noch ernster. „Familie Grünfeld. Sie wurden vor zwei Jahren abgeholt. Angeblich zur Umsiedlung. Aber ich glaube nicht daran, dass sie noch leben. Viele sind in Lager gekommen. Man sagt, dort passiert schreckliches."

Karl starrte auf das Muster der Tischdecke. „Warum hat niemand geholfen?"
„Weil sie Angst hatten, selbst abgeholt zu werden."
Es herrschte eine schwere Stille im Raum, nur das Ticken der Wanduhr war zu hören. Draußen bellten Hunde, irgendwo fiel eine Tür zu.

Dann sagte Josef leise, „Wenn dieser Krieg vorbei ist – und er wird bald vorbei sein – dann wird es eine Zeit geben, in der du dich erinnern musst. Daran, was passiert ist. Daran wie es angefangen hat. Und dass du es einmal anders machen kannst."

Karl schaute seinen Vater an, und in seinen Augen lag etwas Neues. Kein kindliches Staunen mehr – sondern das erste leise Verstehen. Karl zögerte kurz, dann stellte er die Frage, die ihm schon lange auf der Zunge brannte. Seine Stimme war leise, fast scheu. „Papa... warum hassen sie die Juden so sehr? Was haben sie getan?"

Josef atmete tief durch. Er strich sich übers Gesicht, als wolle er einen unsichtbaren Schleier von Müdigkeit wegwischen. Dann sah er Karl direkt in die Augen.
„Nichts, Karl. Sie haben nichts getan. Sie sind einfach nur anders gewesen. Manche hatten andere Bräuche, andere Feste, einen anderen Glauben. Aber das allein reicht oft schon, damit Menschen anfangen zu hassen."

Er machte eine Pause, suchte nach den richtigen Worten.
„Hass entsteht oft aus Angst. Aus dem Gefühl, dass einem
etwas weggenommen wird. Die Nationalsozialisten haben den
Leuten eingeredet, die Juden seien schuld an allem: an der
Armut, an der Niederlage im Ersten Weltkrieg, an der Inflation.

Es war Unsinn – aber es war einfacher, einen Sündenbock zu
haben, als sich mit der Wahrheit auseinanderzusetzen."

Karl runzelte die Stirn. „Aber warum haben die Menschen das
alles geglaubt?"
„Weil es bequem war. Weil es in reden, in Zeitungen, in der
Schule immer wieder gesagt wurde. Wenn du eine Lüge nur oft
genug hörst, fängt ein Teil von dir an, sie für möglich zu halten.
Und wenn alle mitmachen – dann wird das Schweigen zur
Zustimmung."

„Aber Herr Grünfeld... der war nett. Der hat mir einmal ein Stück
Schokolade geschenkt."
Josef lächelte schwach. „Ja. Und ich habe früher oft mit ihm
gesprochen. Ein anständiger Mann. Ein guter Mensch. Aber das
hat sie nicht geschützt. Es hat nichts mehr gezählt. Nur noch
das, was auf ihrem Papier stand. Jude. „

Er griff nach seinem Glas Wasser, trank einen Schluck, dann
sagte er. „Das ist das Gefährlichste, was es gibt, Karl: wenn
Menschen aufhören einander als Menschen zu sehen. Wenn sie
anfangen, sich gegenseitig in Gruppen einzuteilen – und dann
sagen: Diese da drüben sind weniger wert als wir. So beginnt
jedes Unheil."

Karl schaute schweigend auf sein Brot, das er längst nicht mehr
anrühren, wollte. Nach einer Weile sagte er. „Wenn ich groß bin...
will ich nie so werden." Josef sah ihn lange an. Dann legte er ihm
die Hand auf den Kopf. „Dann gibt es Hoffnung."

Karls Mutter zwang sich zu einem Lächeln. „Lasst uns essen", sagte sie. „Es ist genug Angst in der Welt. Wenigstens am Tisch soll sie nicht sitzen".

Karl nickte und nahm seinen Löffel. Doch die Unruhe blieb. Irgendetwas lag in der Luft, etwas, das er nicht benennen konnte. Etwas, das diesen Abend zum letzten normalen Abend seines Lebens machen würde.

Es war spät, als Karl erwachte. Etwas hatte ihn aus dem Schlaf gerissen. Er blinzelte in die Dunkelheit und lauschte. Im Nebenzimmer atmete Luisa ruhig, doch draußen auf der Straße hörte er Stimmen. Gedämpft, aber eindringlich. Dann ein Poltern.

Er setzte sich auf und schob die dünne Decke beiseite. Sein Herz schlug schneller. Es war nicht das erste Mal, dass er in der Nacht Geräusche hörte, seit Monaten schien die Stadt nie wirklich zur Ruhe zu kommen. Doch diesmal war es anders.

Dann kam der erste Schlag gegen die Tür.

Karl erstarrte. Ein Befehl hallte durch das Haus: „Aufmachen! Sofort!"

Seine Eltern waren ebenfalls wach. Er hörte, wie sein Vater leise mit seiner Mutter sprach. Dann Schritte. Die Tür zu ihrem Zimmer öffnete sich, und Karl sah den Schatten seines Vaters im Flur. Noch bevor er etwas fragen konnte, wurde die Haustür mit einem harten Schlag aufgestoßen. Stiefel hallten auf den Holzdielen, und dann eine Stimme, scharf und ungeduldig:

„Josef Müller. Anna Müller. Ihr kommt mit. "Karl hielt die Luft an. Sein Vater. Seine Mutter.

Er schwang die Beine aus dem Bett und rannte zum Flur. Zwei Männer in Uniform standen dort, die Armbinden mit dem Hakenkreuz leuchteten im schwachen Licht der Lampe. Ein dritter Mann hielt eine Liste in der Hand.

„Was soll das?!", rief sein Vater. „Meine Familie hat nichts getan!"

Der Soldat sah ihn kalt an. „Befehl ist Befehl."

„Bitte...", flüsterte Karls Mutter.

Dann ging alles sehr schnell. Einer der Männer packte seinen Vater am Arm und zerrte ihn zur Tür. Seine Mutter wurde grob gestoßen. Karl wollte nach vorne stürzen, aber ein harter Griff an seinem Arm hielt ihn zurück.

„Junge, bleib stehen."

Luisa stand nun auch im Türrahmen. Ihre Augen. Waren groß, ihr Körper zitterte.

Karl riss sich los, doch bevor er einen Schritt tun konnte, war die Tür offen, und seine Eltern wurden hinaus auf die dunkle Straße geführt.

„Wohin bringt ihr sie?!", schrie er. Keiner antwortete. Dann fiel die Tür ins Schloss.

Stille.

Nur der Wind, der durch die leeren Straßen von Gummersbach wehte. Karl spürte Luisas Hand an seiner. Sie war eiskalt.

Der nächste Morgen war unwirklich.

Karl saß am Küchentisch, starrte auf den Teller vor sich. Das Frühstück, das seine Mutter sonst gemacht hätte, blieb aus. Der Geruch von frischem Brot fehlte. Es war, als hätte jemand die Zeit angehalten.

Luisa hatte sich in eine Ecke des Zimmers verkrochen. Sie sprach kein Wort.

Karl stand auf und ging zur Tür. Die Straße draußen war leer. Es gab keine Spur von seinen Eltern.

Er ballte die Fäuste. Was sollte er tun? Wohin sollte er gehen?

Niemand hatte ihnen eine Antwort hinterlassen. Niemand hatte gesagt, ob sie je zurückkommen würden.

Er war fünfzehn Jahre alt. Und plötzlich auf sich allein gestellt.

Karl wusste, dass er nicht ewig hier rumstehen konnte. Irgendwann würden Fragen kommen. Warum waren die Eltern verschwunden? Wer kümmerte sich jetzt um die Kinder?

Und was würde geschehen, wenn jemand feststellte. Dass zwei minderjährige Geschwister allein in einem Haus lebten?

Er durfte nicht warten, bis es so weit war.

Er atmete tief durch und drehte sich zu Luisa um. Sie sah ihn mit ihren großen Augen an, Tränen glitzerten darin, aber sie weinte nicht. Sie war zu erschöpft, zu überfordert.

„Wir müssen gehen", sagte er leise. Luisa blinzelte. „Wohin?" Karl hatte keine Antwort. Er dachte an ihre Nachbarn, die Familie Wagner. Sie waren freundlich, aber würden sie helfen? Oder würde es sie in Schwierigkeiten bringen? Er beschloss, es herauszufinden.

Vorsichtig öffnete er wieder die Tür und blickte nach draußen. Die Straße lag still da, nur der Wind bewegte lose Zeitungsfetzen über das Pflaster. Keine Soldaten. Kein Lärm.

Er nahm Luisas Hand und zog sie mit sich.

Die Wagners wohnten zwei Häuser weiter. Karl klopfte leise. Keine Antwort. Er klopfte erneut. Nach einer gefühlten Ewigkeit öffnete sich die Tür einen Spalt breit. Ein schmaler Streifen Licht fiel auf das Gesicht von Frau Wagner.

Ihre Augen weiteten sich, als sie die Kinder sah.

„Karl... was...?"

„Sie haben unsere Eltern geholt", sagte Karl tonlos.

Frau Wagner sah sich hastig um, dann zog sie die beiden ins Haus und schloss die Tür hinter ihnen. „Ihr dürft nicht hier draußen herumstehen", flüsterte sie.

Karl nickte. „Was sollen wir tun?", fragte er leise.

Frau Wagner sah ihn mit ernster Miene an. Sie zögerte. „Ihr könnt nicht hierbleiben. Wenn jemand merkt, dass ihr allein seid, werden sie euch ins Heim stecken. Oder schlimmer."

Karl schluckte. „Aber wohin dann?"

Frau Wagner sah auf Luisa, die sich ängstlich an Karls Arm klammerte. Dann seufzte sie. „Ich kenne jemanden, der euch vielleicht helfen kann."

Kapitel 2 Die Verschleppung

Anna und Josef wurden von den Soldaten zu einem Transporter geführt. Die kalte Luft brannte in ihren Lungen, während sie mit starren Gesichtern den matschigen Boden unter ihren Füßen betrachteten.

Um sie herum standen weitere Dorfbewohner, dicht aneinandergedrängt, manche weinend, andere in resigniertem Schweigen gefangen. Gewehre blitzen im grauen Licht auf, ihre Läufe drohend auf die Menschen gerichtet.

Anna wagte einen letzten Blick zurück auf ihr Haus, wo nun ihre Kinder auf sich allein gestellt waren. Sie sah auf den kleinen Hof, die kleine Bank vor der Tür, die mühevoll gepflegten Blumenbeete – all das, was sie über Jahre aufgebaut hatten, war nun nicht mehr ihr Zuhause.
Josef spürte ihren Blick, nahm ihre kalte Hand in seine und drückte sie fest. „Wir bleiben zusammen", flüsterte er, „unsere Kinder werden es schaffen, sie sind klug", doch die Angst ließ seine Stimme zittern.

Ein Soldat stieß Josef unsanft vorwärts, und sie stolperten über den aufgeweichten Weg. Die Ladefläche des Transporters war bereits halb gefüllt mit anderen Dorfbewohnern. Die Menschen rückten zur Seite, machten Platz für die Neuankömmlinge.
Der Geruch von Angst und feuchter Kleidung lag in der Luft. Ein älterer Mann murmelte leise ein Gebet, eine Mutter hielt ihr Baby an sich gepresst, als könne sie es mit ihrer Umarmung vor dem Unausweichlichen schützen.

Mit einem Ruck setzte sich das Fahrzeug in Bewegung.

Anna und Josef klammerten sich aneinander, während die vertraute Umgebung hinter ihnen verschwand. Sie wussten nicht, wohin die Reise ging, nur, dass ihr altes Leben unwiderruflich vorbei war.

Die Straßen von Gummersbach waren still, als der Transporter rumpelnd durch die engen Gassen fuhr. Nur vereinzelt standen Menschen an den Fenstern, wagten es aber nicht, länger hinzusehen.
Manche schauten voller Mitleid, andere voller Angst, sich selbst in einer ähnlichen Lage wiederzufinden. Ein deutsches Militärfahrzeug begleitete den Transporter, sein Motor brummte dumpf in der gespenstischen Stille.

Die Fahrt war lang und unbequem. Die Gefangenen saßen dicht an dicht, die Körper aneinandergedrückt, während die Kälte durch die Ritze der Plane kroch. Niemand sprach mehr. Nur das monotone Rattern der Reifen auf den holprigen Straßen war zu hören. Hin und wieder hielt der Transporter, Soldaten warfen einen schnellen Blick auf die Menschen, bevor es weiterging. Die Zeit verlor jegliche Bedeutung.

Als die ersten Lichter einer großen Stadt am Horizont auftauchten, hielt der Transporter abrupt an. Befehle wurden gebrüllt, das Knallen von Stiefeln auf dem Metallboden ließ Anna und Josef zusammenzucken. „Raus!" rief eine harte Stimme. Erschöpft und frierend kletterten sie hinab, ihre Glieder steif von der unbequemen Fahrt. Vor ihnen ragten dunkle Waggons in den Nachthimmel – ein Güterzug, bereit für die nächste Etappe ihrer unfreiwilligen Reise.

Mit eiskalten Fingern klammerte sich Anna und Josef aneinander, während sie in einen der Wagons gestoßen wurden.

Es gab keine Sitzmöglichkeiten, nur einen kalten, harten Boden aus Holz und Dreck.

Dicht an dicht standen die Menschen, drängten sich in den spärlichen Raum. Als die Türen mit einem lauten Knall geschlossen wurden, breitete sich eine fast greifbare Dunkelheit aus.

Jemand begann leise zu weinen, während ein anderer mit zittriger Stimme wieder ein Gebet sprach. Das warten zog sich unendlich hin, bis schließlich der Zug mit einem heftigen ruck anfuhr. Anna konnte nicht sagen, wie viele Stunden oder gar Tage vergingen.

 Nur das gelegentliche Öffnen der Waggontür, das hastige Verteilen von spärlichen Wasserrationen und Brotstücken ließ die Zeit für einen Moment spürbar werden.

Die Luft war stickig, das Atmen schwerer, die Hoffnung ihre Kinder je wieder zu sehen, schwand mit jeder Meile, die sie sich weiter von ihrer Heimat entfernten. Josef legte einen Arm um Anna und zog sie an sich. „Wir werden es schaffen", flüsterte er erneut, doch in der Dunkelheit klang seine Stimme hohl. Wohin sie fuhren, wussten sie nicht. Nur dass das Leben, das sie kannten, für immer verloren war.

Nach unzähligen Stunden hielt der Zug plötzlich an. Stimmen hallten über das Bahngelände, Türen wurden mit einem kreischenden Geräusch aufgeschoben.
Ein grelles Licht fiel in den Waggon, blendete die erschöpften Insassen.

Ein Soldat sprang auf die Ladefläche und brüllte: „Alle raus! Sofort!"

Erschöpft und zitternd kletterten Anna und Josef aus dem Zug.

Ihre Beine fühlten sich steif an, als hätten sie das Laufen verlernt. Um sie herum standen unzählige Menschen, ihre Gesichter fahl und von Angst gezeichnet. In der Ferne ragten hohe Zäune auf, mit Stacheldraht gekrönt. Wachtürme warfen lange Schatten auf den Boden.

„Schneller! Bewegt euch!" rief ein weiterer Soldat und trieb die Gruppe voran. Josef griff nach Annas Hand, hielt sie fest. In diesem Moment verstand er. Sie waren in einem Lager angekommen. Ein Ort, an dem ihr Schicksal nun entschieden werden würde. Aber Fakt war, die Hölle würde jetzt erst richtig beginnen, und es gab keinen Ausweg mehr.

Kapitel 3 Karl und der Unterschlupf

Karl und Luisa wurden bei Einbruch der Dunkelheit aus dem Haus geführt. Frau Wagner hatte ihnen eine Tasche mit ein paar Broten und etwas Wasser gegeben. Sie hatte nicht viel sagen können nur, dass sie leise sein mussten und dass sie niemanden vertrauen durften.

Sie führte sie durch die schmalen Gassen der Stadt, dann weiter hinaus, vorbei an Fabriken. Und Feldern. Nach einer halben Stunde hielten sie vor einem alten Schuppen am Waldrand.

Frau Wagner klopfte drei Mal, dann warteten sie. Karl spürte, wie sein Herz raste.
Die Tür öffnete sich einen Spalt. Ein Mann mit tiefen Falten im Gesicht und misstrauischen Augen sah sie an.

„Das sind sie?", fragte er knapp. Frau Wagner nickte. „Die Kinder von Josef Meier."
Der Mann musterte Karl, dann Luisa. Schließlich trat er zur Seite und ließ sie eintreten.
„Ihr bleibt hier", sagte er leise. „Zumindest für eine Weile."

Karl wusste nicht, ob er ihm vertrauen konnte. Aber er hatte keine andere Wahl. Und so begann eine neue, ungewisse Zeit.

Der Schuppen war kalt und roch nach feuchtem Holz. Es gab kaum Licht, nur eine alte Laterne flackerte in der Ecke. Karl sah sich um. Ein kleiner Ofen, eine dünne Matratze auf dem Boden, ein Regal mit ein paar Konservendosen. Es war nicht viel, aber es war besser als draußen zu sein.

Der Mann, der sie hereingelassen hatte, saß auf einem wackeligen Stuhl und sah die Geschwister mit ernster Miene an.

„Ich bin Friedrich. Ein Freund eures Vaters."

Karl zuckte zusammen. Sein Vater hatte von einem Friedrich gesprochen. Oder nicht? Vielleicht hatte er sich den Namen nicht richtig gemerkt. „Wo sind unsere Eltern?", fragte Karl.

Friedrich sah ihn lange an. Dann schüttelte er langsam den Kopf. „Ich weiß es nicht. Aber wenn sie abgeholt wurden, dann…" Er brach ab. Karl verstand.
Luisa saß neben ihm, die Beine eng an den Körper gezogen. Sie sagte nichts.

Friedrich lehnte sich vor. „Ihr bleibt hier, bis ich etwas anderes für euch gefunden habe. Aber ihr dürft euch nicht zeigen. Keiner darf wissen, dass ihr hier seid."

Karl nickte. Er wusste, was das bedeutete. Er senkte den Blick und fragte ruhig, „können sie mir erklären wie wir in diese Katastrophe rein gerutscht sine, und wer dafür verantwortlich ist?"

Friedrich atmete tief ein und sagte dann, „pass auf mein Junge ich werde mal versuchen es dir zu erklären, von Anfang an."

Karl nickte und setzte sich gespannt aufrecht, um mit voller Konzentration den Worten zu lauschen, die jetzt folgten.

Friedrich begann zu erzählen.

Kapitel 4 Der Anfang vom Ende

„Die Ursachen für diesen Krieg haben mit dem ersten Weltkrieg zu tun. Der Vertrag von Versailles damals im Jahr 1919 legte harte Friedensbedingungen fest: hohe Reparationszahlungen, Gebietsverluste und eine drastische Beschränkung der Armee. In Deutschland wuchs der Unmut, über diese Bedingungen, was zu politischer Instabilität führte."

Karl schluckte, er verstand nicht wirklich was Friedrich da erzählte, aber er hörte weiterhin aufmerksam zu.

„1933 wurde Adolf Hitler zum Reichkanzler ernannt und errichtete eine Diktatur. Die Nationalsozialisten propagierten die Ideologie des Lebensraums – die Expansion nach Osten, um Deutschland mehr raum für sein Volk zu sichern. Juden, Kommunisten und andere Gruppen werden als Feinde dargestellt, und systematisch verfolgt." Friedrich atmete noch einmal tief durch und erzählte weiter.

„Deutschland verstieß damals 1936 gegen den Versailler Vertrag, indem es wieder eine Armee aufbaute, und in das entmilitarisierte Rheinland einmarschierte. Großbritannien und Frankreich reagierten nicht entschieden darauf, weil sie einen neuen Krieg vermeiden wollten.
Auch Japans Expansion in Asien und Italiens Eroberung von Äthiopien blieben weitgehend erfolglos". Friedrich rieb sich über das Gesicht. Man konnte sehen das es ihn seht anstrengte darüber zu reden, aber er sprach trotzdem weiter.

„1938 wurde Österreich durch den Anschluss Teil des Deutschen Reiches.

Im München Abkommen erhielt Hitler das Sudentenland (Teil der Tschechoslowakei), mit der Hoffnung, ihn zu besänftigen.

Im März 1939 besetzte Hitler den Rest der Tschechoslowakei – ein klarer Bruch des Münchner Abkommens. Am 23. August 1939 schlossen Deutschland und die Sowjetunion den Hitler-Stalin-Pakt, der die Aufteilung Polens zwischen beiden Ländern vorsah."

Friedrich blickte in die Ferne und seine Augen füllten sich mit Tränen als er weiterredete. „Am 1. September 1939 überfiel Deutschland Polen unter dem Vorwand politischer Angriffe (ich glaube allerdings das dies inszeniert war). Die Wehrmacht setzt auf Blitzkrieg – Taktik – schnelle, koordinierte Angriffe mit Panzern und Flugzeugen.

Am 3. September 1939 marschiert die Sowjetunion von Osten her in Polen ein.
Von Oktober bis April 1940 war Sitzkrieg (Phoney War) – wenig Kampfhandlung im Westen, während Deutschland sich auf weitere Offensiven vorbereitete.

Im April 1940 erobert Deutschland Dänemark und Norwegen. Im Mai 1940 Blitzkrieg gegen die Niederlande, Belgien und Frankreich. Im Juni 1940, Frankreich kapituliert.
Deutschland besetzt den Norden, im Süden wird ein kollaborierendes Regime unter Marschall Petain (Vichy-Frankreich) installiert.

Sommer bis Herbst 1940 bombardiert Deutschland britische Städte, um eine Invasion vorzubereiten.

Die Royal Air Force schlägt zurück und zwingt unseren Führer die Operation Seelöwe (Invasion Englands) aufzugeben.

Zusätzlich greift Italien 1940 Griechenland an, scheitert aber. Deutschland hilft 1941 mit der Besetzung Jugoslawiens und Griechenlands.
Die Deutschen und Italiener kämpfen gegen die Briten in Nordafrika (Erwin Rommel, Wüstenfuchs). Operation Barbarossa, Deutschland überfällt die Sowjetunion mit dem Ziel, Moskau, Leningrad und die Ukraine zu erobern. Anfangserfolge, aber der russische Winter stoppt die Wehrmacht.

Die rote Armee beginnt mit Gegenangriffen.

Im Dezember 1941 greift Japan die US-Flotte in Pearl Harbor an. Die USA erklären Japan den Krieg. Deutschland und Italien erklären daraufhin den USA den Krieg.

Im Winter 1942 und 1943 beginnt die Schlacht um Stalingrad, es gibt heftige Kämpfe um die strategisch wichtige Stadt Stalingrad. Die deutsche 6. Armee wird eingekesselt und kapituliert im Februar 1943 – ein entscheidender Wendepunkt. Die Alliierten besiegen die Achsenmächte in Nordafrika und landen in Italien. Mussolini wird gestürzt, Italien kapituliert, aber deutsche Truppen kämpfen weiter.

Britische und US-amerikanische Bomber zerstören deutsche Städte, z.B. Hamburg und Dresden. Und heute im Jahre 1944 beginnt der Zusammenbruch. Die Alliierten sind in Frankreich gelandet und haben Paris befreit. Die Sowjets haben Osteuropa befreit und haben jetzt Deutschland erreicht. Die Alliierten dringen nun weiter vor Karl, und das ist gerade unser Problem."

Karl schaute ihn mit großen Augen an, im war bewusste das es zurzeit eine aussichtslose Situation war.

Verstecken. Warten. Schweigen. Das war jetzt ihr Leben.

Kapitel 5 Die Tage im Dunkeln

Die ersten Tage nach dem Gespräch waren still. Friedrich kam
nur selten. Manchmal brachte er Brot und Wasser, manchmal
auch eine alte Decke oder ein Buch für Luisa. Karl versuchte,
sich nützlich zu machen. Er hackte Holz, fegte den Boden, tat
alles, um nicht untätig herumzusitzen. Aber mit jedem Tag
wuchs die Ungewissheit.

Nachts lag er wach und dachte an seine Eltern. Hatten sie Angst
gehabt? Hatten sie gewusst, dass er und Luisa noch da waren?

Manchmal hörte er draußen Schritte. Einmal blieb jemand direkt
vor dem Schuppen stehen. Karl hielt die Luft an, bis die Schritte
sich entfernten. Jedes Geräusch war eine Bedrohung. Doch dann
kam der Tag, an dem alles anders wurde.

Es war ein kühler Morgen, als Friedrich plötzlich hereinstürzte.
„Ihr müsst sofort weg!", flüsterte er scharf. Karl sprang auf. Luisa
sah ihn mit großen Augen an.

„Was ist los?", fragte Karl.

„Jemand hat geredet. Sie suchen nach euch." Karl spürte, wie
sein Magen sich zusammenzog. „Wer?"
„Die Gestapo."

Friedrich packte eine Tasche, stopfte hastig Brot hinein, eine
Flasche Wasser. „Ihr dürft nicht hierbleiben. Ich bringe euch in
den Wald."

Karl griff nach Luisas Hand. Sie zitterte. Dann gingen sie hinaus
in eine ungewisse Zukunft.

Die Nacht war mondlos, nur die fernen Lichter der Stadt flackerten am Horizont.

Karl hielt Luisas Hand fest, während sie durch das feuchte Gras rannten. Ihre Schuhe waren durchnässt, aber es gab keine Zeit, darüber nachzudenken. Hinter ihnen hörte er Friedrichs hastige Schritte. „Schneller!", zischte der Mann.

Jeder Schatten zwischen den Bäumen wirkte wie eine Gestalt. Jeder Ast, der knackte, ließ Karl zusammenzucken. Sie mussten leise sein, unsichtbar. Plötzlich blieb Friedrich abrupt stehen.

Karl prallte fast gegen ihn. „Was ist?" Friedrich hielt eine Hand hoch, bedeutete ihm zu schweigen. Dann hörte Karl es auch.

Stimmen. Ganz in der Nähe. Und dann ein Lichtstrahl, der sich durch die Dunkelheit schnitt.

Luisa drückte sich an Karl. Ihr Atem ging schnell. Friedrich zog sie hinter eine dicke Baumwurzel und flüsterte, „Kein Wort. Nicht bewegen." Karl presste sich in das feuchte Laub. Der Lichtkegel wanderte durch den Wald, langsam, suchend. Die Stimmen kamen näher.

„Sie müssen hier irgendwo sein." Karl wagte kaum zu atmen. Sein Herz hämmerte so laut in seiner Brust, dass er fürchtete, man würde es hören. Dann Schritte, direkt neben ihnen. Jemand blieb stehen.

Karl hörte das metallische Klicken eines Gewehrs. Die nächste Sekunde entschied über Leben oder Tod.

Ein Knall riss die Stille auseinander. Karl schloss die Augen. War es vorbei? War er getroffen?
Ein dumpfer Aufprall. Dann ein Schrei.

Friedrich packte ihn am Arm. „Los! Jetzt!"

Sie sprangen auf und rannten. Luisa stolperte, Karl zog sie mit sich. Hinter ihnen Rufe. „Da sind sie! Stoppt sie!" Schüsse peitschten durch die Nacht. Kugeln rissen Rindenstücke aus den Bäumen.

Karl rannte, seine Lunge brannte, seine Beine zitterten. Dann plötzlich nichts mehr.

Kein Licht, keine Stimmen. Nur der Wald, der sie verschluckt hatte.

Sie hatten es geschafft. Für den Moment. Friedrich führte sie tiefer in den Wald. Erst als sie sicher waren, hielt er an. Er keuchte, hielt sich die Seite.
Karl sah es sofort Blut tropfte durch seine Finger.

„Du bist verletzt!", rief er. Friedrich winkte ab. „Ist nicht schlimm. Ich habe schon Schlimmeres gesehen." Doch seine Stimme klang schwach. Karl wusste, dass das nicht stimmte. „Was machen wir jetzt?", fragte Luisa leise.

Friedrich atmete schwer. „Ich kann euch nicht mehr weiterbringen." Karl spürte, wie eine kalte Welle der Angst ihn überrollte. Sie konnten nicht alleine überleben. Doch Friedrich legte eine Hand auf seine Schulter. Sein Griff war fest. „Du bist stark, Karl", sagte er. „Du musst jetzt für deine Schwester sorgen."

Karl schluckte. Er wusste, dass dies der Moment war, in dem er kein Kind mehr sein konnte. Von jetzt an lag alles in seinen Händen.

Kapitel 6 Der Krieg in Gummersbach

Während Karl und Luisa im Wald Schutz suchten, blieb Gummersbach nicht stehen. Der Krieg hatte die Stadt verändert. Früher war es ein ruhiger Ort gewesen, mit kleinen Geschäften, Bauernhöfen und engen Gassen. Doch seit die Alliierten näher rückten, war nichts mehr normal.

Deutsche Truppen marschierten regelmäßig durch die Straßen, SS-Patrouillen kontrollierten Bahnhöfe und Häuser. Überall hingen Plakate mit Parolen wie „Sieg oder Untergang!" oder „Der Führer kennt den Weg!". Aber nicht jeder glaubte das noch.

Es gab Gerüchte über verlorene Schlachten, über Städte, die in Bombennächten zerstört wurden. Doch offen darüber zu sprechen, war gefährlich. Jeder konnte ein Spitzel sein.

Lebensmittel wurden knapp. Kartoffeln, Brot, Milch alles war rationiert. Wer keine Lebensmittelmarken hatte, musste auf dem Schwarzmarkt kaufen oder hungern. In den Nächten hörte man manchmal das Dröhnen von Flugzeugen. Dann heulten die Sirenen, und die Menschen rannten in die Luftschutzbunker. Die Angst vor Bombenangriffen lag über allem.

Doch das Schlimmste war die Angst vor der Gestapo. Jeden Tag wurden Menschen abgeholt. Manche, weil sie sich gegen das Regime gestellt hatten. Andere, weil sie jemand denunziert hatte. Man wusste nie, wer als Nächstes verschwand. Und jetzt gehörten Karls Eltern zu den Verschwundenen.

Karl saß an einem umgestürzten Baumstamm, Luisa lehnte sich zitternd an ihn.

Friedrich lag wenige Meter entfernt, seine Wunde hatte aufgehört zu bluten, aber er war zu schwach, um weiterzugehen.

„Wir können nicht hierbleiben", murmelte Karl. Friedrich öffnete die Augen. Sein Blick war matt, aber entschlossen. „Hör zu, Junge. Es gibt einen Bauernhof, ein paar Kilometer von hier. Die Leute dort... könnten helfen."

Karl hörte das Zögern in seiner Stimme. „Könnten?" Friedrich seufzte. „Man kann niemandem mehr trauen. Aber ihr habt keine Wahl." Karl sah Luisa an. Ihr Gesicht war blass, ihre Augen müde. Sie konnten nicht länger im Wald bleiben. „Wo ist dieser Hof?" Friedrich atmete schwer. „Geh Richtung Osten. Halte dich von den Straßen fern. Der Hof liegt hinter einem kleinen Bach. Wenn du hinkommst... sag, dass Friedrich euch schickt."

Karl nickte. Er wollte fragen, ob Friedrich mitkommen konnte, aber er wusste die Antwort bereits. „Los jetzt. Bevor es hell wird." Karl stand auf, zog Luisa mit sich. Sie klammerte sich an seine Hand. Friedrich sah ihn an, ein letztes Mal. „Pass auf sie auf." Karl nickte. Dann drehte er sich um. Ohne zurückzusehen, machte er sich auf den Weg.

Es dauerte Stunden. Die Dunkelheit wich langsam einem grauen Morgengrauen. Karls Beine schmerzten, aber er zwang sich weiter. Dann hörte er das Rauschen von Wasser. Der Bach. Und dahinter ein Bauernhof.

Ein einfaches Haus, eine Scheune, ein Hühnerstall. Der Schornstein rauchte. Ein Zeichen, dass jemand da war. Karl blieb stehen. Was, wenn Friedrich sich irrte? Was, wenn sie die falschen Leute um Hilfe baten?

Aber sie hatten keine Wahl. Er nahm all seinen Mut zusammen und klopfte an die Tür. Ein Moment der Stille.

Dann öffnete sich die Tür einen Spalt. Eine Frau stand dort. Mitte fünfzig, mit scharfem Blick und einem Kopftuch um den Kopf.

„Was wollt ihr?" Karl schluckte. „Friedrich schickt uns." Die Frau sah ihn lange an. Dann öffnete sie die Tür ganz. „Kommt rein. Schnell."

Der Bauernhof war schlicht, aber sauber. In der kleinen Küche roch es nach Suppe, auf dem alten Holztisch lagen ein paar Brotkanten und eine Kanne Wasser. Die Frau, die sie hereingelassen hatte, musterte Karl und Luisa mit skeptischem Blick. „Friedrich schickt euch?", wiederholte sie.

Karl nickte. „Er sagte, wir könnten hier sicher sein."
Die Frau schwieg einen Moment, dann schloss sie die Tür. Sie ging zum Herd, nahm eine Kelle und füllte zwei Schüsseln mit der dünnen Suppe. „Setzt euch."

Karl traute ihr noch nicht, aber er wusste, dass sie essen mussten. Er zog Luisa auf einen Stuhl, dann nahm er die Schüssel. Die Suppe war heiß und schmeckte fast nach nichts aber nach Tagen ohne richtiges Essen war sie das Beste, was er je gehabt hatte.

Während sie aßen, sprach die Frau weiter. „Mein Name ist Martha. Mein Mann ist im Krieg. Mein Sohn auch. Ich bin allein hier."
Karl sah sich um. Der Hof war groß, zu groß für eine einzige Person. Martha seufzte. „Ich helfe, wo ich kann. Aber wenn jemand fragt, seid ihr nicht hier. Verstanden?" Karl nickte.

Luisa hob ihren Blick. „Wo ist Friedrich?"

Marthas Miene verdüsterte sich. „Er wird nicht mehr kommen."
Karl spürte, wie sich sein Magen zusammenzog. Friedrich hatte
es nicht geschafft.
Er biss die Zähne zusammen. Dann musste er jetzt für Luisa
sorgen. Allein.

Die nächsten Wochen vergingen in Stille. Karl und Luisa halfen
auf dem Hof, so gut sie konnten. Karl fütterte die Hühner, holte
Wasser vom Brunnen, stapelte Holz. Luisa kümmerte sich um
die Küche, fegte den Boden, schälte Kartoffeln.

Es war hart, aber es fühlte sich nach einem Leben an. Doch
Gummersbach war nicht mehr sicher. Jeden Tag marschierten
Soldaten durch das Dorf. Sie suchten nach Deserteuren, nach
Widerstandskämpfern und nach Juden.

Karl wusste, dass sie vorsichtig sein mussten. Einmal, als er mit
Luisa in der Scheune Heu aufschichtete, hörte er draußen
Stimmen.
„Hier soll jemand Unterschlupf gewähren". Sagte eine raue
Männerstimme. Karl erstarrte. Die Gestapo.

Er zog Luisa hinter die Strohballen. Sie zitterte. Martha öffnete
die Tür. „Was gibt es?"
„Haben Sie Fremde gesehen?"

„Nur die, die jeden Tag durch die Straßen marschieren",
antwortete Martha kühl. Ein Moment der Stille.
Dann Schritte, die sich entfernten. Karl wagte kaum zu atmen.
Martha hatte sie gerettet. Doch wie lange noch?

Kapitel 7 Die Bombennacht

Es war ein kalter Januartag, als das Dröhnen kam. Karl erkannte das Geräusch sofort, Bomber.
Die Sirenen heulten in der Ferne, aber diesmal war es anders.
Diesmal wurde Gummersbach selbst zum Ziel.

Das Haus bebte, als die ersten Einschläge kamen.
Martha schrie: „RUNTER IN DEN KELLER!"
Karl packte Luisa und rannte. Er hörte das Donnern über ihnen, das Splittern von Fenstern, dann das ohrenbetäubende Krachen, als irgendwo ein Gebäude einstürzte. Im Dunkeln hielt er Luisa fest. Sie weinte, aber kein Laut kam über ihre Lippen.

Dann Stille.

Als sie wieder hinaustraten, sah Karl die Rauchwolken über der Stadt. Ein Teil von Gummersbach lag in Trümmern. Der Krieg war jetzt näher als je zuvor.

Am Morgen nach dem Angriff lag Gummersbach unter einem grauen Schleier aus Rauch und Asche. Karl und Luisa standen mit Martha am Rand des Hofes und blickten in Richtung Stadt.

„Die Bomben haben das Bahnhofsviertel getroffen", murmelte Martha.

Karl wusste, was das bedeutete. Dort lebten viele Arbeiterfamilien. Häuser aus Fachwerk, nicht stabil genug für so eine Wucht. Es musste Tote gegeben haben. Martha seufzte. „Ich muss in die Stadt. Sehen, ob jemand Hilfe braucht."

Karl sah sie erschrocken an. „Das ist zu gefährlich." Martha schüttelte den Kopf.

„Wir können uns nicht einfach verstecken, während andere leiden."

Sie packte einen Korb mit Brot und Wasserflaschen. Dann sah sie Karl an. „Bleibt hier. Und wenn jemand kommt versteckt euch."

Karl wusste, dass sie nicht mit sich reden lassen würde. Also nickte er nur. Er sah ihr nach, bis sie hinter den Feldern verschwand. Dann wandte er sich an Luisa. „Wir müssen vorsichtig sein." Luisa nickte, aber ihre Augen waren leer. Karl wusste, dass sie längst zu viel gesehen hatte.

Martha kam erst in der Dämmerung zurück. Ihr Gesicht war grau vor Staub und Müdigkeit. „Die halbe Stadt ist zerstört", sagte sie tonlos. „Der Bahnhof... das alte Rathaus... alles weg." Karl schluckte.

„Gibt es... viele Tote?" Martha nickte.

Dann setzte sie sich schwer auf einen Stuhl und rieb sich die Stirn. „Ich habe jemanden getroffen", sagte sie langsam. „Jemanden, der eure Eltern kannte."
Karl erstarrte. „Er sagt, sie wurden mit einem Transport weggeschafft. Richtung Osten." Karl spürte, wie sich seine Kehle zuschnürte. Richtung Osten.

Er wusste, was das bedeutete. Alle wussten es. Auch wenn niemand es laut sagte. Luisa sah Martha an. Ihre Lippen bebten. „Kommen sie zurück?" Martha schwieg lange. Dann schüttelte sie den Kopf.

Und da war es. Die Wahrheit, die Karl immer geahnt, aber nie ausgesprochen hatte. Seine Eltern waren nicht mehr da. Nie wieder.

Er spürte, wie eine eisige Leere sich in ihm ausbreitete. Aber er durfte jetzt nicht zusammenbrechen. Nicht vor Luisa.

Er legte einen Arm um sie. Sie klammerte sich an ihn und begann lautlos zu weinen.

Karl sah aus dem Fenster in die Dunkelheit. Er musste weitermachen. Für Luisa. Für sich selbst.

Die nächsten Wochen veränderten alles. Die Kämpfe rückten näher. Die Alliierten waren nicht mehr weit, das wusste jeder. Und mit ihnen kam das Ende des Krieges aber auch die Angst.

Die deutschen Truppen wurden immer brutaler. Wer desertierte, wurde an den nächsten Baum gehängt. Wer zweifelte, wurde denunziert. Martha wusste, dass es nicht mehr lange sicher sein würde. „Wenn die Front kommt, müsst ihr weg", sagte sie eines Abends leise.

Karl sah sie an. „Wohin?" Martha schüttelte den Kopf. „Südlich. Richtung Bergisches Land. Es gibt Leute, die euch helfen könnten." Karl wusste, dass das bedeutete: Wieder fliehen. Wieder alles hinter sich lassen. Aber was war die Alternative? Warten, bis Soldaten kamen und sie mitnahmen? Er hatte keine Wahl.

Noch in derselben Nacht packten sie ein paar Sachen. Ein bisschen Brot, Wasser, eine Decke. Martha nahm Karl bei der Hand. Ihr Griff war fest. „Du bist stark, Junge", sagte sie. Er nickte. Dann verließen sie den Hof und gingen in eine ungewisse Zukunft.

Die Nacht war still, als sie den Bauernhof verließen, aber die Luft war schwer und trug den Geruch von Rauch und Zerstörung mit sich.

Es war der Duft des Krieges, der überall hing. Karl führte Luisa durch den Wald, den Blick ständig auf der Straße, die vor ihnen lag.

Die Dunkelheit schien dichter als je zuvor, und das Rauschen der Bäume war ein ständiger Begleiter. Jede Bewegung war vorsichtig, jedes Geräusch ein potentielles Todesurteil.

„Wo gehen wir hin?", fragte Luisa, ihre Stimme kaum mehr als ein Flüstern. Karl zögerte, dann antwortete er. „Wir müssen nach Süden. Richtung Köln."
„Aber... das ist gefährlich, oder?"
„Ja. Aber es gibt Leute dort, die uns helfen können." „Wer?"

Karl wusste, dass Luisa mehr wusste, als sie zeigte. Auch sie hatte die Ängste in den Gesichtern der Erwachsenen bemerkt. Sie wusste, dass das Land am Rande des Zusammenbruchs stand. „Ich weiß es nicht", sagte er schließlich. „Aber wir haben keine Wahl."

Und mit dieser letzten, unsicheren Antwort begannen sie ihren langen Marsch durch die Nacht.
Die nächsten Tage waren ein ständiger Wechsel aus Hoffnung und Verzweiflung. Ihr Weg führte sie über kleine, verlassene Dörfer, Überall war der Krieg spürbar. Menschen, die aus ihren Häusern geflüchtet waren, saßen in den Straßen und in den Feldern. Der Hunger nagte an ihnen, und die Angst war ein ständiger Begleiter.

Karl hatte niemals zuvor solche Armut gesehen. Nicht einmal im schlimmsten Winter, als der Winter die Landschaft wie ein eisiger Schleier bedeckte. Die Menschen hatten ihre letzten Vorräte aufgebraucht, und was sie nicht verkaufen konnten, war wertlos geworden.

In einem kleinen Dorf kamen sie an einem Stand vorbei, auf dem ein alter Mann und seine Frau versuchten, ihre letzten Kartoffeln zu verkaufen. Als sie an ihnen vorbeigingen, sah Karl die leergefressenen Gesichter der beiden.

„Haben Sie noch etwas zu essen?", fragte Karl vorsichtig. Der Mann blickte ihn an, als würde er ihn aus der Dunkelheit eines anderen Lebens heraus betrachten. „Kartoffeln. Wenig. Aber was soll man damit anfangen?"

Karl sah den schalen Blick in seinen Augen, das Wissen um die endgültige Erschöpfung, das sich in den Falten seines Gesichts widergespiegelt hatte. Die Menschen waren am Ende. „Es tut mir leid", sagte Karl, der sich zu dieser Antwort gezwungen fühlte. „Danke, aber wir haben nichts zu geben".

„Ich wünschte, wir könnten noch helfen", sagte der Mann, seine Stimme zitterte. Luisa griff Karl an den Arm, und er zog sie weiter. Der Krieg hatte sie alle verändert, warf sie in eine Welt, in der sich niemand mehr sicher sein konnte.

Am vierten Tag ihrer Reise erreichten sie die kleine Stadt Kürten. Die Straßen waren leer, die Häuser beschädigt die Zerstörung war allgegenwärtig. In einem der Häuser hörte Karl laute Stimmen.

„Gehen wir weiter", sagte er leise zu Luisa. Doch dann hörte er etwas, das ihn zum Stehen brachte, „Schnell, sie kommen! Wir müssen uns verstecken!" Karl und Luisa duckten sich, als zwei Männer an Ihnen vorbeirasten. Ihre Gesichter waren wild, und die Waffen, die sie trugen, waren schwer. Sie hatten das Aussehen von Soldaten, doch Karl wusste sofort, dass sie Deserteure waren.

„Schnell!", rief einer der Männer, „sie kommen gleich! Versteckt euch!" Ein Ruck ging durch Karl, als er sich umdrehte und in den Blickwinkel der zerstörten Häuser schaute. Es war nur eine Frage der Zeit, bis die deutschen Soldaten oder die SS durch die Straßen marschierten und diese Menschen in den Tod schickten.

„Kommen Sie", flüsterte Karl zu Luisa. „Wir müssen uns verstecken." Aber Luisa, die den Ernst der Lage spürte, war auf einmal sehr ruhig. „Wo sollen wir hin?"

Karl griff nach ihrer Hand. Sie ging weiter, doch diesmal ohne die Angst, die sie früher immer begleitet hatte. Es war ein neuer, tieferer Verlust das Gefühl, dass sie so weit vom Ende entfernt waren, wie der Horizont vor ihnen. Der Verlust der Unschuld, der Verlust einer Welt, in der Dinge wieder gut werden konnten.

Am sechsten Tag erreichten sie den Rand von Köln. Doch die Zerstörung war noch schlimmer als sie es sich vorgestellt hatten. Überall lagen Trümmer. Viele Gebäude waren niedergebrannt oder in sich zusammengefallen, und der Boden war übersät mit Schutt und Asche.

„Warum?", fragte Luisa, ihre Stimme ungläubig. „Warum haben sie das getan?" Karl legte einen Arm um sie. „Es gibt keine Antwort mehr, Luisa. Aber wir müssen weiter. Es gibt dort drüben Leute, die uns helfen können. Wir müssen es einfach versuchen."

Doch als sie die Grenze von Köln erreichten, wurde der Himmel noch dunkler. Die Front rückte näher. „Karl...", sagte Luisa, als sie die Wachen am Stadtrand erblickten. Die Soldaten, die dort standen, hatten das Aussehen von denen, die Karl aus den Erzählungen seiner Eltern kannte – hoch aufgerichtet, mit Blicken, die sich nicht für Fragen interessierten.

Ihre Waffen hingen schwer an ihren Seiten.

„Was tun wir?", fragte Luisa. Karl sah sich um.

Er wusste, dass sie am Ende ihres Weges angekommen waren. Die letzten Tage waren ein endloser Albtraum aus Verstecken, Flucht und Verlust gewesen.

„Wir müssen durch", sagte Karl entschlossen. Bleib dicht hinter mir."

Kapitel 8 Der Durchbruch

Die Soldaten am Stadtrand von Köln standen wie versteinert, ihre Blicke starr auf die Flüchtenden gerichtet. Karl spürte, wie sein Herz in seiner Brust raste. Er wusste, dass er in diesem Moment alles riskierte. „Bleib ruhig, Luisa", flüsterte er, während sie sich eng an ihn drängte.

Die Wachen schienen keine Eile zu haben, doch ihre Präsenz war bedrohlich. Ihre Augen suchten die Straßen ab, als ob sie jeden Moment etwas Verdächtiges erwarten würden.

Karl und Luisa hatten den schmalen Weg in die Stadt erreicht, der von einer der letzten Straßenbahnhaltestellen abzweigte. Die Mauer, die die Grenze markierte, war halb zerstört, als hätte der Krieg selbst das letzte Zeichen des Lebens ausgelöscht. Karl zog Luisa weiter, ohne einen Blick zurück.

„Halt!", rief plötzlich eine der Wachen. Karl erstarrte. Er konnte den Blick des Soldaten fühlen, der ihn musterte. „Haben Sie Papiere?", fragte der Soldat schließlich.

Karl atmete tief ein. Papiere. Der verdammte Papierkrieg. Aber er hatte keine. Nichts, was ihm Sicherheit verschaffen konnte.

„Wir... wir sind auf der Flucht", sagte Karl ruhig. „Wir haben nichts mehr." Der Soldat trat einen Schritt näher. „Warum kommen Sie hierher?" Ein weiterer Blick. Karl wusste, dass er keine Wahl hatte. Jeder Schritt, den er tat, könnte der letzte sein. Doch er versuchte, sich zu wappnen.

„Wir suchen... nach Verwandten. Unsere Eltern sind weg", antwortete er. Der Soldat schien kurz zu überlegen.

Die anderen Wachen blieben ruhig, warteten. „Marschieren Sie weiter", sagte der Soldat schließlich. „Halten Sie sich von den Straßen fern."

Karl nickte und ging weiter. „Danke", flüsterte er, obwohl der Soldat ihn nicht mehr hörte. Er spürte, wie der kalte Schweiß von seiner Stirn lief. Noch einmal hatten sie es geschafft. Aber wie lange würde das Glück noch an ihrer Seite sein?

Die Straßen von Köln waren eine Mischung aus Zerstörung und Chaos. Die meisten Fenster waren zerbrochen, Glassplitter und Müll bedeckten den Boden. Überall liefen Menschen, die verzweifelt nach einem Ort suchten, an dem sie sich verstecken konnten. „Wo sollen wir hin?", fragte Luisa. Ihre Stimme war fast unhörbar, und ihr Blick war leer. Der Krieg hatte nicht nur ihre Heimat genommen, sondern auch einen Teil ihrer Seele.

Karl suchte nach einem Anhaltspunkt. Er kannte Köln nur aus Geschichten. Früher hatte er von der Stadt geträumt, von ihren großen Kirchen, den belebten Straßen und dem rheinischen Karneval. Jetzt war alles zerstört. Die vielen Menschen, die früher in der Stadt gelebt hatten, schienen verschwunden oder in die Dörfer geflüchtet. Die wenigen, die noch hier waren, schauten stumm auf den Boden, als ob auch sie längst die Hoffnung aufgegeben hatten.

„Ich weiß es nicht", sagte Karl. „Aber irgendwo müssen wir uns verstecken." Er zog Luisa weiter. Ihre Schritte waren leise, vorsichtig.

Nach einer Weile erreichten sie ein Gebäude, das noch halb intakt war. Es war ein ehemaliges Hotel, jetzt eine Ruine. Die Fenster waren geborsten, und die Tür stand offen. Karl zögerte. „Wir können hier vielleicht eine Weile bleiben", sagte er. „Aber... die anderen?"

Karl trat ein und nickte. „Wir sind nicht die einzigen, die fliehen."

Im Inneren des Gebäudes war es düster und kalt. Es roch nach Staub, und der Boden war übersät mit Schutt. Doch es war der einzige Ort, an dem sie sich in dieser Stadt für eine Weile sicher fühlen konnten.

„Es wird nicht lange so bleiben", dachte Karl, während er sich auf den Boden setzte. „Der Krieg ist noch nicht vorbei." Luisa setzte sich neben ihn und blickte aus dem Fenster, wo der Rauch immer noch über der Stadt hing. „Was wird nun aus uns?", flüsterte sie schließlich. Karl legte seine Hand auf ihre.

„Wir werden Überleben, Luisa. Ich werde dafür sorgen, dass wir einen Weg finden."

Es war ein sonniger Morgen, als Karl und Luisa das erste Mal seit Wochen eine Nachricht hörten, die Hoffnung brachte. Die Alliierten waren in die Stadt eingedrungen. Der Krieg war fast vorbei.

Karl konnte es kaum fassen. Seit Wochen war er auf der Flucht gewesen, hatte immer nur das nächste Versteck gesucht, hatte jeden Tag damit gerechnet, dass er und Luisa entdeckt werden würden. Jetzt war die Angst, die ihn ständig begleitet hatte, fast verschwunden.

„Hast du das gehört?", fragte Luisa, als sie zusammen am Fenster saßen und die Straßen durch das zerbrochene Glas betrachteten. „Ja", antwortete Karl. „Sie kommen. Wir müssen uns bereitmachen."

Er wusste, dass Köln jetzt nicht mehr das gleiche war. Aber der Krieg würde enden. Und das bedeutete, dass sie wieder leben konnten.

Als die Alliierten endlich in Köln einmarschierten, war die Stadt von Trümmern bedeckt, doch die Menschen in den Straßen hatten mehr Leben in sich als Karl je zuvor gesehen hatte. In den Gesichtern der wenigen Überlebenden konnte er die Erleichterung erkennen. Der Krieg war vorbei, aber der Preis war hoch.

„Glaubst du, wir können zurückkehren?" fragte Luisa, als sie inmitten der vielen Menschen standen. Karl sah sich um. „Ich weiß nicht, Luisa. Vielleicht. Aber wir müssen noch so viel mehr lernen, noch so viele Fragen beantworten. Es wird Zeit brauchen."

Er blickte in die leeren Straßen und dachte an die Eltern, an Friedrich und all die anderen, die sie auf ihrem Weg verloren hatten. Der Krieg hatte nicht nur Gummersbach und Köln zerstört, sondern auch ganze Leben ausgelöscht. Aber er wusste auch: Das Leben geht weiter.

Kapitel 9 Die Schatten der Vergangenheit

Es war Sommer geworden. Der Krieg war zu Ende, doch die Narben, die er hinterlassen hatte, waren tief. Karl stand oft an einem der zerstörten Fenster im Hotel und starrte in die ferne Stadt. „Es ist fast wie ein Alptraum", sagte er einmal leise, als er Luisa beobachtete, wie sie mit ihren wenigen bescheidenen Spielsachen im Staub spielte. „Wir müssen lernen, damit zu leben. Aber wie?"

Luisa spielte nicht mehr wirklich. Sie hatte ihre Unschuld verloren, genauso wie er. Sie war nur noch ein Schatten ihrer früheren fröhlichen Selbst. Aber es war das, was der Krieg aus den Menschen gemacht hatte.

„Ich weiß es nicht", flüsterte sie. „Aber…, wir haben keinen Ort, an den wir zurückkehren können."
„Nein", sagte Karl und senkte den Blick. „Aber wir müssen einen neuen finden." Es war der Anfang einer langen Reise der Heilung, aber Karl wusste, dass es keine schnellen Antworten gab. Die Stadt war zerstört, die Menschen verstört, und die Erinnerungen an alles, was verloren war, schienen unermesslich zu sein.

Einige Monate nach dem Einmarsch der Alliierten begannen die ersten Versuche, Ordnung in das Chaos zu bringen. Die Städte wurden geräumt, Trümmer beseitigt, und die Überlebenden mussten sich neu orientieren.

Karl und Luisa wurden von einem amerikanischen Soldaten, der in Köln stationiert war, zu einer kleinen Flüchtlingsunterkunft gebracht. Dort war es nicht viel besser. Die Zeltlager waren überfüllt, und die Bedingungen waren schlecht.

Es gab kaum Essen, die hygienischen Verhältnisse waren katastrophal, und es war klar, dass niemand wusste, wie er mit der riesigen Zahl an Vertriebenen umgehen sollte.

Aber sie waren nicht allein. Es gab Tausende von Menschen, die genauso wie sie ohne Heimat waren.
„Es ist schwer, hier zu sein", sagte Luisa eines Abends, als sie zusammen im Zelt saßen. Die Dämmerung war in der Luft, und der Mangel an Licht ließ alles um sie herum noch trostloser wirken.

„Ja, aber es gibt Menschen, die uns helfen wollen", erwiderte Karl, obwohl er selbst nicht wirklich wusste, was er mit diesem Satz meinte. Er hatte die Hilfe gesehen in den amerikanischen Soldaten, die versuchten, Ordnung zu bringen, in den Sozialarbeitern, die nach den verwundeten und hilflosen Seelen suchten. Aber niemand wusste, wie man all das Leid heilen konnte.

„Hast du noch Hoffnung, Karl?" fragte Luisa plötzlich. Ihr Blick war weit, ihre Augen schienen weit in die Ferne zu blicken.

Karl schloss die Augen, dachte nach und antwortete dann: „Ich hoffe, dass wir irgendwann wieder leben können. Dass wir wieder einen Sinn finden, in all dem Chaos. Aber ich weiß nicht, wie lange das dauert."

„Glaubst du, wir werden irgendwann vergessen, was passiert ist?" fragte Luisa leise. Karl seufzte. „Ich denke nicht. Aber vielleicht können wir lernen, damit zu leben. Schritt für Schritt."

Es war ein Jahr vergangen, seit der Krieg zu Ende war. Köln begann langsam, sich zu erholen.

Es gab erste Versuche, die zerstörten Gebäude wiederaufzubauen, und die Menschen begannen, in kleinen Schritten zu ihrem Leben zurückzukehren. Aber für viele war es unmöglich, die Vergangenheit hinter sich zu lassen.

Karl und Luisa hatten inzwischen ein kleines Zimmer in einem Unterschlupf für ehemalige Flüchtlinge bekommen.

Sie waren sicher, aber das Gefühl, zu Hause zu sein, gab es nicht. Karl versuchte, sich einen Job zu suchen, während Luisa mit anderen Kindern in den Trümmern spielte. Es war kein einfaches Leben, aber es war ein Leben, das sie miteinander teilten.

Eines Tages, als Karl wieder von seiner Arbeit nach Hause kam, fand er Luisa vor dem Fenster sitzend. Ihre Augen waren auf etwas gerichtet, und ihre Lippen zitterten leicht.

„Was ist los?" fragte Karl, besorgt.
„Ich habe etwas gesehen", sagte Luisa leise. „Da draußen... da ist etwas, das aussieht wie... ein Gebäude. Aber das ist nicht das alte. Es ist etwas Neues."

Karl folgte ihrem Blick und sah, dass die Stadt allmählich wieder begann zu wachsen. Überall waren Bauarbeiten, und langsam begann das Bild von Köln, das er früher gekannt hatte, sich wieder abzubilden.

„Das ist der Anfang", sagte Karl schließlich. „Langsam... vielleicht, ganz langsam, wird alles wieder aufgebaut." „Aber was ist mit uns?", fragte Luisa. „Haben wir auch einen Platz dort?"

Karl setzte sich neben sie und legte einen Arm um sie. „Wir werden uns diesen Platz erkämpfen. Ich verspreche dir, Luisa, irgendwann werden wir wieder unser Zuhause finden. Es wird dauern, aber ich glaube, wir werden es schaffen."

Die Zeit nach dem Krieg war hart. Die Nachkriegszeit war von Entbehrungen und dem Kampf ums Überleben geprägt. Doch Karl und Luisa gaben nicht auf. Sie fanden in Köln ihren Platz. Karl arbeitete hart, nahm Gelegenheitsjobs an, um für sie beide zu sorgen, während Luisa langsam die Schule besuchte. Es war ein steiniger Weg, doch sie kamen voran,

Eines Tages, als Karl mit einem Kollegen in einem Café saß, sah er auf den alten Rathausplatz. Der Wiederaufbau war in vollem Gange. Die Stadt erholte sich langsam, aber sicher. „Wie geht es dir?" fragte sein Kollege, ein älterer Mann, der ebenfalls den Krieg überlebt hatte.

„Es geht", sagte Karl und seufzte. „Es geht so."
„Das ist das Einzige, was zählt", erwiderte der Mann. „Das Leben geht weiter. Vielleicht nicht so, wie wir es uns vorgestellt haben, aber es geht weiter." Karl nickte.

Karl weißt du wie der Krieg in deiner Heimat Gummersbach war?" Karl schüttelte den Kopf. „Nicht wirklich, wir sind ein Jahr vor Kriegsende geflüchtet, was genau und warum es geschah weiß ich nicht genau." Der Mann sah Karl ernst an, „Möchtest du das ich es dir erzähle? Ich war in Gummersbach und weiß einiges.

Karl sah ihn mit großen Augen an, „ja natürlich ich möchte es sehr gerne erfahren."

Also begann der Mann zu erzählen:

Kapitel 10 Die Geschichte vom Oberbergischen

Nach der Bildung des Oberbergischen Kreises im Jahr 1932, durch die Zusammenlegung der Kreise Gummersbach und Waldbröl, konnte Gummersbach seine Stellung als Sitz der Kreisverwaltung behaupten und sogar stärken.

Obwohl die Stadt vor 1933 keine Hochburg der Nationalsozialisten war, wurde sie als Sitz der Kreisleitung zum Schauplatz vieler NS-Aktivitäten, einschließlich der Ausrichtung von Kreisparteitagen mit Aufmärschen.

Die NS-Gewaltherrschaft etablierte sich auch in Gummersbach schnell, wobei der Widerstand mutiger Bürger auf Einzelpersonen und kleinen Gruppen beschränkt blieb.

Der wirtschaftliche Aufschwung in Gummersbach während der NS-Zeit war wesentlich auf kreditfinanzierte Rüstungsprodukte zurückzuführen. Seit 1935 war die Arbeitslosigkeit nahezu beseitigt, und bis auf Steinbrüche, die von einer strukturellen Kriese betroffen waren, konnten die Betriebe wieder in vollem Umfang produzieren.

Die nationalsozialistische Ideologie führte auch in Gummersbach zur Verfolgung von Minderheiten, insbesondere jüdischer Bürger.

Einigen gelang mit Unterstützung couragierter nicht-jüdischer Gummersbacher die Flucht ins Ausland. Die kommunalen Verwaltungen der Stadt und des Kreises fungierten als willfährige Ausführungsorgane der Anordnung von Staat und Partei.

Der Kriegsbeginn im September 1939 wurde von der Bevölkerung eher gleichmütig aufgenommen.

Neben Rationierungen und Einberufungen sowie der Umstellung der Produktion auf Kriegsbedürfnisse blieb in den ersten beiden Kriegsjahren ein relativ kriegsfernes städtisches Leben erhalten. Ab 1942/43 hielten viele Zwangsarbeiter aus ganz Europa die Industrieproduktion aufrecht.

Im Dezember 1943 wurde Gummersbach erstmals Ziel eines größeren Bombenangriffs. Dennoch blieben die Zerstörungen bis zum Kriegsende weit hinter denen der Großstädte wie Köln zurück.

Dementsprechend wurde Gummersbach zum Rückzugsgebiet für Privatpersonen sowie großstädtische Verwaltungen und Betriebe. In den letzten Kriegsjahren stieg die Einwohnerzahl um mehr als die Hälfte.

Angesichts der zunehmenden Luftangriffe wurden in Gummersbach Luftschutzmaßnahmen ergriffen. Beispielsweise wurde ein Werksluftschutzstollen für eine örtliche Firma errichtet, die ursprünglich Textilien herstellte.

Während des Krieges wurde die Produktion der Ford-Werke von Köln dorthin verlagert, wodurch das Werk zum Ziel von Luftangriffen wurde und stark zerstört wurde.

Am 11. April 1945 endeten die Kriegshandlungen in Gummersbach mit dem Einmarsch amerikanischer Truppen, die die Stadt besetzten. Kurz zuvor, am 12. April 1945, kapitulierte die 183. Volksgrenadier-Division unter Generalmajor Hinrich Warrelmann im Raum Gummersbach.

Die unmittelbare Nachkriegszeit war geprägt von Wohnungsnot, einer katastrophalen Versorgungs- und Brennstofflage sowie politischer Desorientierung.

Dennoch konnte ein Jahr nach Kriegsende auf kommunaler Ebene ein politischer Neuanfang mit entschiedenen Demokraten aus der Weimarer Republik beginnen.

Trotz der relativ geringen Kriegszerstörungen herrschte wegen der vielen Evakuierten und dem Zuzug Tausender Vertriebener aus dem Osten eine große Wohnungsnot in Gummersbach."

Karl schaute den man mit tränen in den Augen an. „Vielen Dank das mir das so genau erzählt haben, das ich muss ich jetzt erstmal verarbeiten."

Der Mann sagte, „Karl du hast es soweit geschafft, du wirst deinen richtigen Weg finden."

„Ich habe Luisa versprochen, dass wir unser Leben wieder aufbauen werden. Und wir werden es tun. Langsam. Aber wir werden es tun."

Karl wusste, dass der Krieg nie ganz verschwinden würde. Die Bilder, die er in den letzten Jahren erlebt hatte, würden ihn ein Leben lang begleiten. Doch er hatte auch gelernt, mit der Vergangenheit zu leben – sie war ein Teil von ihm, aber nicht mehr sein gesamtes Leben.

„Weißt du, was ich hoffe, Karl?" sagte Luisa eines Abends, als sie zusammen auf dem Balkon saßen und den Sonnenuntergang betrachteten. „Was?"

„Ich hoffe, dass wir irgendwann ein Zuhause finden. Einen Ort, an dem wir einfach leben können. Ohne Angst." Karl legte eine Hand auf ihre Schulter. „Das werden wir, Luisa. Schritt für Schritt."

Kapitel 11 Das Leben geht weiter

Es war der Herbst 1947, und der kalte Wind, der durch die Straßen von Köln zog, brachte einen Hauch von Veränderung mit sich. Der Wiederaufbau war langsamer als erwartet, und die Stadt war noch immer von den Trümmern der letzten Jahre gezeichnet. Doch die Menschen begannen, ihre Köpfe wieder aus den Ruinen zu erheben, auch wenn das Leben noch nicht leicht war.

Karl saß an einem kleinen Tisch in der Werkstatt, in der er inzwischen fest angestellt war. Seine Hände waren rau von der Arbeit, und seine Gedanken waren oft weit entfernt. Die Erinnerungen an die Zeit des Krieges, an den Verlust seiner Eltern und an die ständige Flucht waren immer noch präsent.

Doch er hatte gelernt, sich nicht von ihnen beherrschen zu lassen. Jeden Tag ging er weiter, als ob die Vergangenheit langsam in der Dunkelheit verblasste. „Karl, du bist still", sagte ein Kollege, der ihn schon eine Weile kannte. Du wirkst so, als ob du in eine andere Welt abtauchen würdest."

Karl seufzte und sah auf. Es gibt noch so viel, was ich nicht verstehe. Ich habe immer das Gefühl, als ob ich noch auf der Flucht bin, dass nichts von dem, was wir hier aufbauen, wirklich bleibt. Als ob alles wieder zerstört werden könnte."

Der Kollege, ein Mann in den Vierzigern, nickte verständnisvoll. „Das kann ich verstehen. Aber weißt du, Karl, der Krieg ist vorbei. Wir können nicht mehr zurück. Alles, was wir tun können, ist, weiterzumachen."

Karl blickte aus dem Fenster und sah, wie die Sonne langsam hinter den Trümmern unterging. „Vielleicht hast du recht. Vielleicht geht es wirklich darum, einfach weiterzumachen."

Im Frühling 1948 änderte sich etwas in Karl und Luisas Leben. Eines Tages, als Karl in der Werkstatt war, bekam er einen unerwarteten Besuch. Ein älterer Mann, den er noch nie zuvor gesehen hatte, trat in die Werkstatt. Er hatte graue Haare und ein markantes Gesicht, das die Spuren vieler Jahre trug. In seinen Augen lag eine Art Traurigkeit, die Karl sofort bemerkte.

„Guten Tag", sagte der Mann mit einer rauen Stimme. „Ich suche nach einem jungen Mann. Karl Müller?"
„Das bin ich", antwortete Karl und stellte sich misstrauisch auf. „Kann ich Ihnen helfen?"
„Es geht um Ihre Eltern", sagte der Mann, und Karl erstarrte.

„Was wissen Sie über meine Eltern?" fragte er, obwohl er schon wusste, dass die Antwort schmerzhaft sein würde.

Der Mann nahm einen tiefen Atemzug. „Ich war ein Nachbar, damals bei euch in Gummersbach. Wir haben uns während des Krieges immer wieder getroffen. Und ich habe... ich habe Informationen über den Tag, an dem Ihre Eltern. Verschleppt wurden."

Karl fühlte, wie das Blut in seinen Adern gefror. „Würden Sie mir bitte alles erzählen?"

Der Mann nickte und setzte sich. „Es war ein Tag wie jeder andere. Aber plötzlich kamen Soldaten in die Stadt. In der Nacht als ihre Eltern verschleppt wurden, hat man mich auch geholt, ich habe versucht mich zu verstecken.

Aber die Soldaten fanden mich und nahmen mich ebenfalls mit. Es war... brutal, Karl. Wir kämpften, aber sie konnten nicht entkommen."

„Was geschah dann?" fragte Karl, seine Stimme kaum mehr als ein Flüstern.

„Nach zwei Tagen fahrt ist es mir gelungen zu fliehen. Ich bin aus dem fahrenden Lkw gesprungen. Aber deine Eltern sind nicht gesprungen. Ich habe sie nie wieder gesehen. Aber ich hörte später von anderen, dass viele von denen, die mitgenommen wurden, nie wieder zurückkamen. Es war wie ein Schatten, der über uns alle fiel. Niemand sprach mehr über sie. Es war zu gefährlich."

Karl schloss für einen Moment die Augen. Die Worte des Mannes fühlten sich an wie ein schwerer Stein, der auf seiner Brust lag. Er hatte gehofft, vielleicht irgendwann eine Nachricht zu bekommen, vielleicht ein Zeichen, dass seine Eltern irgendwo in Sicherheit waren. Doch das war es nun: Die bittere Wahrheit.

„Vielen Dank, dass Sie mir das gesagt haben", sagte Karl schließlich, obwohl die Worte nicht den Schmerz lindern konnten, den er fühlte.

Der Mann legte eine Hand auf Karls Schulter. „Ich weiß, wie schwer es ist, Karl. Aber du musst wissen, dass deine Eltern nicht ohne Grund gekämpft haben. Sie haben alles für dich getan. Sie haben sich geweigert, sich zu beugen."

„Ich werde nie aufgeben" sagte Karl, die Tränen in den Augen, aber der Entschluss in seiner Stimme unerschütterlich.

In den folgenden Monaten versuchte Karl, das Gelernte zu verarbeiten. Doch das Wissen um das Schicksal seiner Eltern lastete schwer auf ihm.

Er hatte gehofft, sie irgendwann wiederzusehen, vielleicht in einem besseren Leben, nach dem Krieg. Doch diese Hoffnung war nun wie eine verblasste Erinnerung, die er nur noch in den stillen Momenten seiner Gedanken festhalten konnte.

Trotzdem gab er nicht auf. Er wusste, dass Luisa auf ihn angewiesen war, dass er für sie da sein musste. Wenn er die Vergangenheit aufgeben wollte, musste er zuerst für ihre Zukunft sorgen.

Eines Abends, als er nach einem langen Arbeitstag nach Hause kam, fand er Luisa vor ihrem Schreibtisch sitzend. Sie hatte begonnen, zu zeichnen eine kleine Blume, die sie mit bunten Stiften auf ein Stück Papier brachte.

„Luisa", sagte Karl sanft, „du bist sehr still in letzter Zeit. Denkst du oft an die Vergangenheit?"
Luisa sah auf und nickte. „Ja. Manchmal, wenn ich allein bin, frage ich mich, ob es noch mehr gibt, als all das, was wir hier erleben."

„Du bist nicht allein, Luisa", sagte Karl und setzte sich neben sie. „Wir haben uns gegenseitig. Und das ist mehr wert als all die Verluste, die wir erlitten haben." Luisa legte ihre Hand auf seine. „Ich weiß, Karl. Aber ich möchte trotzdem, dass es irgendwann anders wird. Dass wir wieder richtig leben können."
„Das werden wir", versprach er ihr, obwohl er selbst noch nicht wusste, wie.

Kapitel 12 Die Zeit vergeht

Es war 1949, und die Jahre nach dem Krieg hatten ihre Spuren hinterlassen. Doch Karl und Luisa waren stärker geworden. Sie hatten sich nicht nur überlebt, sondern auch begonnen, sich wieder aufzubauen.

Karl hatte eine Anstellung in einer größeren Werkstatt erhalten, die ihm mehr Sicherheit bot, und Luisa hatte mittlerweile ihre Ausbildung als Krankenschwester begonnen. Sie war klüger und reifer geworden, als sie es je gewesen wäre, wenn sie nicht durch die Hölle des Krieges gegangen wäre.

Aber es war immer noch nicht genug. Es gab Tage, an denen die Erinnerung an den Krieg wie ein dunkler Schatten über ihnen lag. Karl spürte oft die Last der Verluste, die sie erlitten hatten, aber er versuchte, nach vorne zu blicken.

Er hatte seine Eltern nie wieder gesehen, aber er wusste jetzt, dass er ihre Stärke in sich trug. Die Reise war noch lange nicht zu Ende, aber er und Luisa hatten die erste Etappe des Wiederaufbaus geschafft.

Es war ein ruhiger Winterabend, als Karl und Luisa zusammen am Tisch saßen. Die dunklen Abende waren inzwischen Teil ihres Lebens geworden, die kalten Nächte, die das Zimmer nur mit einem schwachen Licht erhellten. Der Ofen knisterte leise, und die Luft war schneidend, doch es war warm in der kleinen Wohnung, die sie in Köln gefunden hatten.

„Karl", sagte Luisa plötzlich, ihre Stimme war kaum mehr als ein Flüstern, „glaubst du, dass unsere Eltern uns wirklich geliebt haben?"

Karl starrte auf die flackende Flamme im Kamin. Die Frage hatte ihn getroffen wie ein Schlag, und er spürte, wie sein Herz für einen Moment stillzustehen schien. „Was meinst du?"

„Nun, sie... sie haben so viel für uns getan, und dann... dann sind sie einfach verschwunden, und haben nie versucht zu fliehen, oder mit uns Kontakt aufzunehmen. Haben sie gewusst, was mit uns passieren würde?" Luisa lehnte sich zurück, ihre Hände verschränkten sich in ihrem Schoß.

„Was, wenn sie sich einfach nicht mehr um uns kümmern wollten?" Karl fühlte, wie der Schmerz in ihm aufstieg. „Luisa, du weißt, dass das nicht wahr ist. Sie haben ihr Leben für uns riskiert. Sie haben nie aufgegeben. Sie haben uns immer beschützt, bis zum letzten Moment. Sie waren nur... Opfer der Umstände. Aber das, was sie uns gegeben haben, bleibt. Ihr Opfer bleibt."

Luisa senkte den Kopf. „Ich weiß, aber es fühlt sich manchmal so an, als ob sie uns verlassen hätten. Als ob wir sie im Stich gelassen hätten."

„Niemand hat sie im Stich gelassen", sagte Karl mit festerer Stimme. „Der Krieg hat uns das genommen, was wir am meisten brauchten, aber wir sind immer noch hier. Wir sind immer noch zusammen."

Es war still im Raum. Der Schmerz war da, er schlich durch die Wände, und manchmal, wie in diesem Moment, war er so greifbar, dass er die Luft fast zum Zerreißen brachte. Doch Karl wusste, dass es in dieser Stille auch eine Form von Heilung gab. Er wusste, dass sie beide, durch die Trauer hindurch, allmählich begannen, den Verlust in einem neuen Licht zu sehen.

Es war nicht die Erinnerung an die Eltern, die heilte, sondern die Erinnerung daran, dass sie für immer ein Teil von ihnen waren.

„Du bist nie allein, Luisa", sagte Karl schließlich, seine Stimme weicher, als er ihre Hand nahm. „Wir sind hier, und das ist genug. Wir werden nie vergessen, was sie für uns getan haben. Aber wir können trotzdem weiterleben."

Der Frühling brachte eine merkwürdige Erleichterung, aber auch eine neue Welle der Verwirrung. Der Wiederaufbau ging weiter, und die Städte füllten sich mit einer neuen Energie, die gleichzeitig belebend und erschöpfend war.

Für Karl und Luisa war es ein stetiger Kampf, die Vergangenheit hinter sich zu lassen, und gleichzeitig eine Notwendigkeit, sich der Zukunft zu stellen.

Eines Abends, als Karl nach der Arbeit nach Hause kam, fand er Luisa in ihrem Zimmer vor, das Fenster weit geöffnet, und die Luft war kühl. Sie starrte ins Leere, ihre Hände lagen reglos in ihrem Schoß.

„Luisa?", fragte Karl vorsichtig.

„Es ist so viel, Karl. So viel, was wir nicht wissen. Ich kann nicht einfach so tun, als ob alles vorbei ist", sagte sie, ohne sich umzudrehen.

„Was meinst du?"
„Ich meine... den Krieg. Die Schrecken, Ich versuche, jeden Tag so zu leben, als ob nichts mehr zählt, aber es gibt diese Nächte, in denen ich nicht schlafen kann, und dann frage ich mich: Warum haben wir überlebt? Was haben wir getan, um das zu verdienen?" Ihre Stimme war angespannt, als ob sie versuchte, etwas zu erklären, das sie selbst nicht ganz verstand.

Karl setzte sich neben sie und sah sie an. „Es gibt keine Antwort, Luisa. Wir haben überlebt, weil wir stark sind. Aber du kannst nicht den Schmerz und die Trauer einfach wegdrücken. Du musst es fühlen, auch wenn es schwer ist."

Luisa sah ihn mit einem Ausdruck an, den Karl nicht ganz deuten konnte. „Aber was, wenn es mich zerstört? Was, wenn ich es nicht ertragen kann?"
„Dann werden wir es gemeinsam ertragen", sagte Karl fest. „Wir sind immer zusammen, Luisa. Ich verspreche es dir. Wenn der Schmerz. Zu groß wird, werde ich da sein, um dir zu helfen, ihn zu tragen."

In diesem Moment spürte Karl eine Verbindung. Die stärker war als alles, was sie bisher zusammen durchgemacht hatten. Es war nicht nur ein Versprechen es war ein Akt des Vertrauens. Luisa hatte ihn immer gebraucht, und auch er brauchte sie mehr, als er je zugeben wollte. Sie mussten sich nicht immer gut fühlen oder verstehen, was geschehen war. Sie mussten sich nur erlauben, zu heilen, Schritt für Schritt.

Es vergingen Monate, in denen Karl und Luisa ihren Weg zum Verarbeiten fortsetzten. Es war kein schneller Prozess, und es gab immer wieder Rückschläge. Der Schmerz des Verlustes, der Verlust der Eltern, der Verlust von Freunden und einer Welt, die nie wieder so sein würde wie vorher all das war immer noch da.

Aber mit jedem Tag wuchs die Hoffnung. Sie begannen zu erkennen, dass es nicht darum ging, die Vergangenheit zu vergessen oder zu verdrängen, sondern sie als Teil ihrer Geschichte anzunehmen und zu akzeptieren.

Karl fand es immer noch schwer, die Erinnerungen an den Krieg zu verarbeiten.

In seinen Träumen war er oft wieder ein Junge, der versuchte, vor den Soldaten zu fliehen, der ständiger Gefahr ausgesetzt war. Aber er kämpfte auch mit der Vorstellung, dass der Krieg ihn für immer geprägt hatte.

„Ich werde nie der alte Karl sein", sagte er eines Abends, als er zusammen mit Luisa einen Spaziergang durch die Straßen Kölns machte. „Aber vielleicht ist das auch nicht nötig."

„Vielleicht", stimmte Luisa zu, „vielleicht ist es der neue Karl, der wir sein müssen." Es war ein kleiner Schritt, aber ein bedeutender. Sie begannen, die Frage zu stellen: Wer sind wir jetzt, nach all dem, was wir durchgemacht haben?

Es war der Beginn eines neuen Lebens. Es gab noch so viel zu lernen und zu verstehen, aber Karl und Luisa wussten jetzt, dass es möglich war, das Leben wieder zu umarmen. Langsam, Stück für Stück, bauten sie ihr neues Leben auf.

Es war ein regnerischer Nachmittag, als Karl mit Luisa in der kleinen Wohnung saß und Radio hörten. Der Regen prasselte gegen das Fenster, der Wind drückte die kalte Luft in den Raum, und die vertraute Stille war wieder einmal überwältigend. Doch es war eine andere Stille als zuvor. Nicht die Stille des Schocks und des Verlustes, sondern eine, die langsam eine Form der Akzeptanz fand.

„Weißt du noch, wie Papa immer gelacht hat?", fragte Luisa plötzlich, ihre Stimme durchbrach die Stille wie ein leiser Ruf aus der Vergangenheit. „Er hat nie viel gesagt, aber sein Lachen. Das war so echt."

Karl nickte, seine Augen suchten die von Luisa.

„Ja, ich erinnere mich. Er war ein bisschen schüchtern, aber ehrlich. Es war, als ob er für Momente alles vergessen konnte, was außerhalb unseres Hauses geschah. Es war, als ob das Leben für ihn in diesen Augenblicken wirklich in Ordnung war." Luisa schlug die Beine übereinander und stützte ihren Kopf in ihre Hände.

„Ich frage mich, ob er sich je für uns sicher gefühlt hat. Ob er wusste, dass wir zusammen durch den Krieg kommen würden. Ich hatte immer das Gefühl, er wusste mehr, als er uns gesagt hat."

„Vielleicht wusste er das. Vielleicht wollte er uns nur die Illusion der Sicherheit geben, damit wir nicht aufhören, an eine bessere Zukunft zu glauben." Karl holte tief Luft, seine Stimme klang rau. „Ich glaube, er hat sich nie wirklich sicher gefühlt. Aber er hat uns beschützt. Auch wenn er wusste, dass er nicht alles verhindern konnte."

Es war eine der wenigen Gespräche, in denen sie über die Eltern sprachen. Der Verlust war so tief und der Schmerz so konstant, dass es schwer war, sich an die guten Zeiten zu erinnern, ohne sich wieder in der Wunde zu verlieren.

Aber Karl und Luisa merkten, dass sie in diesen Momenten, in denen sie über ihre Eltern sprachen, begannen, den Verlust auf eine neue Weise zu verarbeiten. Sie lernten, sich nicht nur mit dem Schmerz, sondern auch mit der Liebe zu verbinden, die ihnen ihre Eltern hinterlassen hatten.

„Weißt du, was ich manchmal denke?" sagte Luisa nach einer langen Pause. „Ich denke, Papa und Mama würden wollen, dass wir leben. Dass wir unser Leben nicht in der Trauer über sie verlieren, sondern uns daran erinnern, wie sie uns gelehrt haben, stark zu sein."

„Ja", sagte Karl leise. „Vielleicht haben sie das gewusst. Vielleicht haben sie deshalb nie wirklich mit uns über den Krieg gesprochen. Sie haben uns nie aufgegeben."

Es war das erste Mal, dass Karl und Luisa in dieser Klarheit über ihre Eltern gesprochen hatten. Der Schmerz, der immer noch präsent war, war nicht verschwunden, aber er hatte sich verändert. Es war kein schmerzhafter Schrei mehr, sondern eine leise Melodie, die immer in der Hintergrundmusik ihres Lebens spielte.

Und das war okay. Vielleicht war es auch der Weg, wie man weiterleben konnte indem man sich mit dem Verlust versöhnte und ihn als Teil von sich selbst annahm.

Kapitel 13 Der schleichende Schatten

Doch es gab Tage, da schlich der Schmerz zurück in ihr Leben, ohne Vorwarnung. Es war eine der Nächte im Sommer 1950, als Karl plötzlich wach wurde. Der Mond schien durch das Fenster, und der Regen hatte nachgelassen, doch der Raum fühlte sich unerträglich eng an.

„Karl?" Luisa stand plötzlich in der Tür. „Bist du noch wach?"

„Ja", antwortete er, seine Stimme klang rau, als ob er sich aus einem tiefen Traum befreite. „Ich kann nicht schlafen."
„Ich auch nicht. Ich dachte, vielleicht... vielleicht können wir reden?" Karl nickte. „Klar. Was beschäftigt dich?"

Luisa setzte sich auf das Bett und sah ihn nachdenklich an. „Ich habe immer wieder dieses Gefühl..., dass ich nicht genug bin. Dass ich nicht genug für sie getan habe. Dass ich nicht genug gekämpft habe, als der Krieg uns auseinandergerissen hat."

„Luisa, du kannst dir das nicht anlasten. Du warst noch ein Kind", sagte Karl sanft. „Keiner von uns konnte etwas dafür. Aber du hast durchgehalten. Du bist da, und du bist stärker geworden. Mehr, als wir je dachten, oder?"

„Ja, aber manchmal... manchmal ist es schwer, mich selbst in dieser Stärke zu erkennen. Ich frage mich, ob ich genug bin, um sie zu ehren. Um sie Stolz zu machen", sagte Luisa, und ihre Stimme hatte einen Hauch von Unsicherheit.

Karl legte eine Hand auf ihre. „Du bist absolut genug, Luisa. Du hast alles getan, was du konntest. Und es gibt keine Grenze für die Liebe, die du ihnen gibst.

Deine Stärke ist nicht etwas, das du beweisen musst. Sie war immer in dir, auch wenn du es selbst noch nicht wusstest."

Für einen Moment war es still, und der Raum schien sich zu dehnen, als ob die Zeit selbst anhielt. Karl konnte sehen, wie Luisa langsam Frieden fand, wie die Tränen in ihren Augen von einer Art Verständnis begleitet wurden. Der Weg war lang, und manchmal schien er endlos, aber in diesen Momenten begannen sie, die verschiedenen Teile ihrer Seele wieder zusammenzusetzen.

Im Laufe der Zeit lernte Karl, dass Heilung nicht gleichbedeutend mit Vergessen war. Es bedeutete, mit der Vergangenheit zu leben und sie in eine neue Perspektive zu setzen. Und obwohl der Verlust seiner Eltern immer ein Teil von ihm bleiben würde, lernte er, dass die Liebe, die sie ihm und Luisa gegeben hatten, etwas war, das nicht zerstört werden konnte.

Nach einiger Zeit, als Karl und Luisa in ihrem Leben weitergingen und begannen, sich in der neuen, schwierigen Welt zu behaupten, fanden sie langsam ihren Frieden. Sie hatten nicht alles verarbeitet – der Krieg hatte tiefe Spuren hinterlassen aber sie wussten, dass der Weg des Verstehens unendlich war und dass es auch okay war, nicht immer stark zu sein.

Sie waren nicht mehr die Kinder von damals, die von einem Tag auf den anderen alles verloren hatten. Sie waren Kämpfer geworden. Ihre Eltern hätten Stolz auf sie sein können.

„Ich denke, sie hätten uns gesagt, wir sollen weitermachen", sagte Luisa eines Abends, als sie mit Karl in einem Café saß. „Das ist das Einzige, was sie von uns gewollt hätten. Dass wir für uns selbst leben."

Karl sah sie an, und es war, als ob er zum ersten Mal das Gefühl hatte, dass die Schatten der Vergangenheit wirklich verblassten. „Ja. Wir leben für uns, Luisa. Und das ist genug."

Mittlerweile war klar: D-Day – Invasion der Normandie: Im Juni 1944 landeten die Alliierten in Frankreich und befreiten Paris im August.

Rückzug der Wehrmacht und sowjetischer Vormarsch: 1944, die Sowjets befreiten Osteuropa und erreichten Deutschland.

Letzte Gegenoffensive – Ardennenoffensive im Dezember 1944 scheitert, die Alliierten dringen weiter vor.

Ende des Krieges in Europa: April 1945, die Sowjets umzingeln Berlin, am 1. April 1945 beging Hitler Selbstmord im Bunker. Im Mai 1945, Deutschland kapituliert bedingungslos, VE-Day.

Der Pazifikkrieg und das Ende des Krieges: USA rücken auf Japan vor. Inselhopping-Strategie (Guadalcanal, Iwo Jima, Okinawa)

6. und 9. August 1945, Japan kapituliert offiziell.

Ende des zweiten Weltkrieges!

Folgen des Krieges: Über 70 Millionen Tote, Millionen Vertriebene. Deutschland und Europa zum größten Teil zerstört, die Städte liegen in Trümmern.

Die Gründung der UNO 1945. Dann der Beginn des kalten Krieges zwischen USA und der Sowjetunion.

Der zweite Weltkrieg war ein prägendes Ereignis der Geschichte mit weitreichenden Folgen.

Es war Anfang der Jahres 1952 als der erste wirkliche Frühling nach dem Krieg kam. In Köln war der Wiederaufbau in vollem Gange, und die Stadt war von einer neuen Energie durchzogen. Der Himmel war oft wolkenverhangen, doch es gab immer wieder Momente, in denen die Sonne durchbrach und das graue Betonmeer in ein sanftes Licht tauchte.

Karl und Luisa hatten sich inzwischen gut in ihrem neuen Leben zurechtgefunden. Sie hatten Freunde gefunden und auch gute Arbeit, die sie beide ausfüllte, auch wenn es oft schwierig war, den Erinnerungen an den Krieg zu entkommen.

Karl war mittlerweile 22 Jahre alt und hatte eine Ausbildung als Maurer abgeschlossen. Die Hände die einst mit dem Ball in der Hand den Fußball auf den Straßen Gummersbach hin und her kicken wollten, arbeiteten nun an den Wiederaufgebauten Häusern Kölns. Doch der Krieg hatte ihn verändert. Seine Träume waren nicht mehr von Siegen auf dem Spielfeld erfüllt, sondern von der Frage, wie man in einer Welt weiterlebt, die so zerstört wurde.

„Luisa", sagte Karl eines Abends, als sie nach einem langen Arbeitstag zusammen in ihrer kleinen Wohnung saßen, „hast du jemals darüber nachgedacht, was wir tun würden, wenn wir endlich mal was anderes machen könnten?"

„Was meinst du?" Luisa legte ihre Bücher beiseite, als sie sich umdrehte. „Etwas anderes als nur überleben?"

„Ja", antwortete Karl, seine Augen auf die flimmernde Flamme des Kamins gerichtet. „Wir haben so lange überlebt, aber irgendwann wird es vielleicht Zeit, für etwas anderes zu leben. Für uns selbst."

Luisa sah ihn lange an, als ob sie versuchte, seine Worte zu verstehen. „Und was wäre das, Karl? Was können wir tun, nach allem, was wir durchgemacht haben?"

„ich weiß es nicht. Aber vielleicht, etwas, das uns wirklich erfüllt", sagte er leise, als er nachdenklich in den Raum starrte. „Vielleicht ein neues Ziel finden. Irgendetwas, das uns aus dieser ewigen Trauer befreit."

Die Stille die darauf folgte, hing schwer im Raum. Beide wussten, dass es nicht nur eine einfache Entscheidung war. Die Vergangenheit hing wie ein Schatten über ihnen, der es ihnen schwer machte, in die Zukunft zu blicken. Doch in diesem Moment, in dem Karl seine Worte ausgesprochen hatte, öffnete sich ein kleiner Spalt in der Tür zu einer neuen Perspektive. Es war der erste Schritt hin zu einer Zukunft, die noch nicht ganz vorgezeichnet war.

Kapitel 14 Die ersten Schritte

Ein paar Wochen später stand Karl eines Nachmittags an einem Kiosk, um eine Zeitung zu kaufen. Die Schlagzeilen waren immer noch von den Nachwirkungen des Krieges geprägt – neue politische Spannungen, der Wiederaufbau und die Frage, wie sich Deutschland neu orientieren würde. Doch dann viel sein Blick auf eine kleine Anzeige am Rand der Seite.

„Facharbeiter gesucht – Bau von Wohnanlagen und Industriebauten in Gummersbach. Gute Bezahlung und langfristige Perspektiven."

Es war keine große Sache, aber irgendetwas in Karl regte sich. Die Idee, wieder etwas aufzubauen, etwas zu schaffen, das über das bloße Überleben hinausging, sprach ihn an. Es war mehr als nur der Wunsch nach neuer Arbeit – es war der Wunsch nach einer Veränderung.

Er nahm die Zeitung, klemmte sie unter den Arm und machte sich auf den langen Weg zu der angegebenen Adresse.

Der Bürokomplex war weit von ihrer Wohnung entfernt, und als Karl das Gebäude betrat, spürte er sofort eine andere Atmosphäre. Es war eine Zeit des Aufbruchs, und die Leute, die er dort traf, schienen voller Optimismus zu sein. Es war ein Versuch, das Land aus den Trümmern zu ziehen, ein Schritt nach dem anderen.

Der Chef des Bauunternehmens, ein Mann mittleren Alters namens Herr Becker, hörte sich Karls Geschichte und seine Ausbildung interessiert an und nickte verständnisvoll. „Wir suchen Leute wie Sie, junge Männer, die motiviert sind und die sich mit dem Wiederaufbau identifizieren können", sagte er mit einem Blick, der gleichzeitig hart und auch warm war. „Sie sind also Maurer?"

„Ja", antwortete Karl. „Ich habe in Köln Deutz gearbeitet und baue gerade an verschiedenen Häusern. Aber ich möchte etwas Neues finden. Etwas, das für mich... mehr bedeutet."

„Gut", sagte Herr Becker und reichte ihm die Hand. Dann fangen sie morgen an. Der Wiederaufbau wartet nicht, und ich denke, wir können von ihrem Einsatz profitieren."

Als Karl das Büro verließ, war er wie berauscht. Er fühlte sich so gut wie schon lange nicht mehr. Es war nicht nur der Job, der ihn ansprach. Es war das Gefühl, dass er etwas wieder aufbauen konnte, nicht nur physisch, sondern auch emotional. Das Angebot war ein Schritt in die Richtung, in der er sich seine Zukunft vorstellte. Und auch wenn die Ängste, die Vergangenheit und der Schmerz immer noch da waren, wusste er jetzt, dass er nicht länger nur von einem Tag zum anderen leben musste. Es gab einen Plan, eine Vision.

In den folgenden Wochen änderte sich vieles. Karl und Luisa, die sich längst daran gewöhnt hatten, miteinander in einer engen und kleinen Wohnung zu leben, begannen darüber nachzudenken, wie es wäre, einen eigenen Raum für sich zu haben. Sie wollten sich nicht mehr mit den kleinen Einschränkungen begnügen, die das Leben ihnen bislang auferlegt hatte. Sie wollten ein Zuhause, das ihre neue Freiheit symbolisierte.

„Karl, was, wenn wir in ein eigenes Haus ziehen? Vielleicht wieder nach Gummersbach." fragte Luisa eines Abends. Karl sah sie überrascht an. „Ein eigenes Haus? Wie stellst du dir das vor?"

„Ich weiß es nicht. Es könnte aber ein Neubeginn für uns sein", sagte sie nachdenklich. „Es wäre nicht mehr nur ein Ort, an dem wir Überleben. Es könnte unser richtiges Zuhause sein, so wie früher."

Karl dachte darüber nach. Es war ein gewagter Schritt, aber vielleicht genau der richtige. Der Gedanke, ein Haus zu besitzen, eine Zukunft zu bauen, war verheißungsvoll. Es war der Beginn eines neuen Kapitels, in dem sie nicht nur an die Vergangenheit gebunden waren.

„Vielleicht" sagte er schließlich. „Vielleicht ist es wirklich an der Zeit."

Kapitel 15 Der neue Weg

Der Bau des neuen Hauses war eine echte Herausforderung. Es war mehr Arbeit als sie sich jemals vorgestellt hatten, doch jeder Schritt in Richtung ihres Ziels brachte eine neue Entschlossenheit in ihnen hervor.

Sie mieteten sich in Gummersbach eine kleine Wohnung für die Zeit des Hausbaus.
Die Tage waren lang, die Nächte manchmal von schmerzhaften Erinnerungen durchzogen, aber sie hatten nun eine Vision, die sie antrieb. Sie waren nicht mehr die Kinder des Krieges, die im Schatten ihrer Eltern lebten, sie begannen für sich selbst zu leben.

„Wir machen das für uns", sagte Karl eines Abends zu Luisa, als sie zusammen das Gerüst des Hauses betrachteten, das langsam Form annahm. „Wir bauen nicht nur ein Zuhause. Wir bauen unsere Zukunft."

Der nächste Morgen war ein heller Frühlingstag, als Karl und Luisa sich auf den weg machten, um ihr neues Grundstück zu besichtigen auf dem ihre Vision entstand. Es war der Beginn eines neuen Kapitels, aber trotzdem hatten die letzten Jahre ihre Spuren hinterlassen.

In den letzten Wochen hatten sie das Grundstück immer wieder besucht, um zu sehen, wie es sich weiterentwickelte. Doch an diesem Tag sollte sich etwas anderes ereignen – eine Begegnung, die ihre Perspektive auf die Welt und den Krieg für immer verändern sollte.

Auf dem Weg zur Baustelle bemerkte Karl einen älteren Mann, der vor einem Café stand.

Der Mann hatte das typische Aussehen eines jüdischen Überlebenden: ein leicht gebeugter Rücken, eine ernste Miene und eine Kleidung, die vom Leben der letzten Jahre geprägt war. Er schien nachdenklich, fast verloren, als er auf die Straße starrte, als würde er etwas suchen, das nicht mehr zu finden war.

Luisa die an Karls Seite ging, bemerkte den Mann ebenfalls. „Glaubst du, der ist einer von denen, die durch den Krieg auch alles verloren haben?" fragte sie leise.

„Vielleicht", antwortete Karl. „Aber wir wissen nie, wer wirklich alles verloren hat."
Der Mann schien die beiden zu bemerken, und als Karl und Luisa sich näherten, trat er einen Schritt auf sie zu. „Entschuldigen Sie", sagte er in einem gebrochenen, aber klaren Deutsch. „darf ich ihnen etwas erzählen, ich habe so viel auf dem Herzen, und sie sehen aus als könnten sie zuhören."

Karl und Luisa blieben stehen und tauschten einen kurzen Blick aus. Der Mann wirkte freundlich, wenn auch etwas zurückhaltend, als würde er sich bemühen, die richtigen Worte zu finden.

„Wir hören gerne zu", sagte Karl schließlich, und sie setzten sich mit ihm an einen der Tische des kleinen Cafés.

Der Mann stellte sich als Samuel Rosenberg vor. Er war in Polen geboren worden und hatte die meiste Zeit des Krieges in einem Konzentrationslager verbracht, bevor er aus der Hölle des Krieges geflüchtet war. Nachdem er das Lager überlebt hatte, war er nach Deutschland gekommen, auf der Suche nach einem neuen Leben, einem Ort, an dem er Frieden finden konnte.

Aber der Frieden, den er suchte, schien immer noch schwer fassbar zu sein.

Kapitel 16 Samuels Geschichte

„Ich war noch jung, als der Krieg begann. Geboren wurde ich in einem kleinen Dorf in Polen – Zakliczyn. Mein Vater war Bäcker, meine Mutter kümmerte sich um uns vier Kinder. Es war ein einfaches Leben, aber ein gutes. Ich erinnere mich noch an den Geruch von Brot früh am Morgen... und das Lachen meiner kleinen Schwester Miriam."

Er hielt inne, blickte auf die andere Straßenseite.
„Als die Deutschen kamen, änderte sich alles. Erst waren es nur Befehle – keine Schule mehr, kein Besuch im Park. Dann kamen die Deportationen."

Karl schluckte hart, Luisa spielte mit ihrer Haarsträhne. „Wir wurden in einen Viehwaggon gepfercht, so eng, dass ich meine Mutter kaum sehen konnte. Ich hielt Miriams Hand. Stunden wurden zu Tagen. Kein Wasser, kein Essen. Und dann – das Tor mit der Aufschrift: Arbeit macht frei."

Samuel schloss die Augen. „Ausschwitz. Ich weiß nicht, wie ich überlebt habe. Vielleicht war es Zufall. Vielleicht ein Fluch. Sie trennten uns – Männer hier, Frauen dort. Ich sah meine Mutter und meine Schwester nie wieder. Ich denke sie wurden gleich am ersten Tag ermordet."

Stille. Das Café schien für einen Moment einzufrieren, als hätte Samuels Geschichte die Zeit angehalten.
„Ich war noch so jung, aber ich wurde zur Arbeit gezwungen. Ziegel tragen, Gräber ausheben, Leichen verbrennen. Die Kälte war erbarmungslos, aber schlimmer war die Gleichgültigkeit – das Gefühl, dass die Welt vergessen hatte, dass wir Menschen waren."

Er griff nach einem alten, abgegriffenen Foto in seiner Jackentasche. Darauf zu sehen: eine Gruppe Kinder mit lachenden Gesichtern. „Das war ich vor dem Krieg. Ich bin der da links. Und da – das ist Miriam."

Luisa kämpfte mit den Tränen.
„Manchmal denke ich, ich habe mich an alles erinnert, um nicht zu vergessen, wer ich war. Und manchmal wünschte ich, ich könnte vergessen. Der schlimmste tag war der, an dem mein Freund David starb. Er war krank, konnte kaum noch laufen. Ein Aufseher bemerkte ihn und schlug ihn mit dem Gewehrkolben. Ich habe geschrien, aber das war... das war dumm. Ich bekam selbst die Strafe. Doch David... er war tot."

Samuel hielt inne, nahm ein Taschentuch hervor.
„Ich habe dreieinhalb Jahre dort überlebt. Ich weiß nicht wie. Manchmal wenn ich einen Sonnenuntergang sehe oder Kinderlachen höre, denke ich: Vielleicht war es genau dafür. Für das Leben danach."

Karl flüsterte: „Wie bist du rausgekommen?"
„Ein Todesmarsch. Anfang 1945. Schnee, Hunger, kaum noch Kraft. Ich bin gefallen – dachte, jetzt ist es vorbei. Doch ein russischer Soldat fand mich, halbtot, und trug mich in ein Dorf. Ich blieb dort mehrere Monate, bis ich wieder auf den Beinen war. Danach ging ich nach Deutschland – nicht, weil ich musste, sondern weil ich wollte.
Ich wollte verstehen. Ich wollte leben." Er lächelte schwach.

Luise nahm seine Hand. „Wir hören dir zu Samuel. Und wir vergessen nicht. Wir haben auch unsere Geschichte, und wir haben unsere Eltern verloren, wir fühlen mit dir."

Sonnenstrahlen vielen auf das alte Foto, das nun auf dem Tisch lag. Und für einen Moment schien die Welt still zu stehen – nicht aus Schrecken, sondern aus Respekt.

Samuel lehnte sich etwas zurück. Das Geräusch der anderen Cafebesucher verklang für ihn, wie durch Wasser gedämpft. Er atmete tief ein, und als er wieder zu sprechen begann, wurde seine Stimme leiser – fast als spräche er nicht zu Karl und Luisa, sondern zu den Schatten seiner Vergangenheit.

„Es gibt Bilder in meinem Kopf die ich nie loswerde…"

Rückblende – Winter 1942, Ausschwitz-Birkenau:
Der Schnee war wie Glas – dünn, hart und schneidend. Samuel war gerade zehn geworden, wenn man das überhaupt noch feiern konnte. Er trug nur eine viel zu dünne Jacke, seine Füße steckten in Holzschuhen, die ihm bei jedem Schritt die Füße mehr aufschnitten.

Die Sirenen hatten sie geweckt, noch vor dem ersten licht. Im Lager bedeutete das: Zählappell. Stundenlanges Stehen, bewegungslos, bei minus zwanzig Grad. Die SS-Männer liefen mit ihren Schäferhunden die Reihen ab. Wer wankte, fiel, hustete – wurde herausgezogen. Oft kehrten sie danach nicht zurück.

Samuel stand neben einem Mann aus Lehmberg – Marek, ein ehemaliger Lehrer, der ihm heimlich Deutsch beibrachte, wenn niemand hinsah. An diesem Morgen flüsterte Marek: „Denk an etwas Warmes. Stell dir vor, du bist zu Hause, am Ofen, mit heißem Tee."

Samuel versuchte es. Aber das Bild zerbrach, als ein Junge in der nächsten Reihe das Gleichgewicht verlor und in den Schnee fiel. Zwei Aufseher packten ihn, rissen ihn hoch – er schrie nicht, vielleicht war er zu schwach.

Der nächste Schlag kam mit dem Gewehrkolben. Blut färbte den Schnee. Samuel starrte geradeaus. Nur nicht hinsehen. Nicht fühlen.

Rückblende – Sommer 1943, die Baracke.
Der Geruch war das Schlimmste. Eine Mischung aus Schweiß, Urin, Verwesung und Desinfektionsmittel. In der Holzbaracke, die für 100 Menschen gebaut war, lebten fast 500. Samuel lag in der obersten Pritsche, direkt unter dem Dach. Dort war es am wärmsten – und am Gefährlichsten, wenn man in der Nacht aufs Klo musste. Ein falscher Schritt auf der Holzleiter konnte tödlich enden.

Er lag neben Michael. Einer seiner besten Freunde. Die beiden hatten sich bei der Ankunft angefreundet, zwei Jungen, die ihre Familien verloren hatten und in einer Welt lebten, die Gnade kannte.

„Weißt du noch wie es riecht, wenn Mama Apfelkuchen macht?" flüsterte Michael eines Nachts.
Samuel nickte. Manchmal war es das Einzige, was sie hatten – Erinnerungen. Fantasie. Geschichten, die sie einander zuflüsterten wie kleine Gebete.

„Wenn wir hier rauskommen... bauen wir uns eine Bäckerei auf. So wie dein Vater eine hatte."
Samuel lächelte seit Tagen zu ersten Mal wieder.

Rückblende – Herbst 1944, das Lagerorchester
Einmal im Monat wurden neue Transporte empfangen.
Menschen, die nichts wussten. Die noch Hoffnung in den Augen hatten.

Samuel und Michael wurden zu den Schienen gebracht, um Gepäck zu sortieren. Man durfte nicht sprechen. Nicht reagieren.

Eines Tages hörten sie Musik. Ein seltsamer Klang – ein Streichquartett, mitten im Inferno.

Es war das Lagerochester. Sie mussten spielen, wenn neue Transporte ankamen, um den Menschen ein sicheres Gefühl zu geben.
Samuel stand da, starrte auf eine Geige, deren Klang über Leichen tanzte.

Ein alter Mann kam vom Waggon – langsam, gebeugt. Er hatte den gleichen Blick wie Samuels Großvater. Für einen Moment trafen sich ihre Blicke. Samuel wollte schreien, wollte rufen: „Lauf weg! Sie bringen euch um!" Aber er blieb stumm. Das war der Moment, in dem etwas in ihm zerbrach.

Zurück in der Gegenwart.
Samuel schwieg. Er zitterte, hatte die Augen geschlossen. Luisa hatte die Hände gefaltet, Tränen liefen ihre Wangen hinunter. Karl starrte auf den Tisch, als könne er dort einen Sinn finden.

„Ich habe überlebt", sagte Samuel schließlich, „aber nicht, weil ich stark war. Sondern weil andere es nicht taten. Und das ist die Last, die man trägt. Jeden Tag.". Er sah die beiden an.

„Ihr müsst verstehen... die Geschichte darf sich nie wiederholen. Nie wieder. Nicht in dieser Stadt, nicht n diesem Land, nicht irgendwo auf der Welt. Die ersten Schritte dahin... sie klingen harmlos. Worte. Hass. Ausgrenzung. Aber daraus werden Taten, werden Gräber.

Luisa legte sanft ihre Hand auf seine. „Danke, dass du uns vertraust. Dass du sprichst."
Samuel nickte.

„Ich bin schon älter. Aber wenn ihr zuhört – wirklich zuhört – dann lebt etwas weiter. Und das ist vielleicht... das Einzige, was zählt." Samuel schloss die Augen und atmete tief ein.

„Es ist seltsam", sagte er leise, als er die beiden wieder ansah.

„Man spricht viel vom Krieg, aber niemand hört richtig zu. Nicht einmal die Deutschen verstehen, was wir durchgemacht haben. Sie haben ihre eigenen Wunden, ich weiß. Aber was von uns übrig ist, ist mehr als nur der Verlust der Familie. Es ist der Verlust von allem, was wir je für Normal gehalten haben."

Karl nickte. „es tut mir leid. Ich kann mir nicht einmal ansatzweise vorstellen, was sie durchgemacht haben." Samuel schüttelte den Kopf und ein schwacher, fast trauriger Ausdruck, huschte über sein Gesicht.

„Niemand kann das. Niemand, der nie in einem Lager war, kann es verstehen. Sie haben uns genommen, als wären wir nichts. Sie haben uns die Würde genommen, die Identität, das Gefühl, ein Mensch zu sein. Und als wir herauskamen, war der Krieg noch lange nicht vorbei. Er war nur in einem anderen Gewand."

Luisa sah ihn an, ihre Augen füllten sich mit Mitgefühl. „Wie sind sie hierhergekommen?"

„Ich habe überlebt, indem ich mich immer wieder neu erfunden habe", antwortete Samuel.
„Zuerst war es Überlebensinstinkt. Aber nach dem Krieg... Da wusste ich nicht mehr, was ich wollte. Also wanderte ich weiter. Erst nach Berlin, dann nach Köln und dann hierher, nach Gummersbach. Aber der Frieden, den ich gesucht habe, finde ich nicht. Er ist immer noch irgendwo draußen, unsichtbar."

Karl spürte den Kloß in seinem Hals. Samuel erzählte von der Zerstörung, dem Verlust seiner Familie und seinen Freunden und der ständigen Angst, dass der Krieg niemals zu Ende war. Auch in den Jahren nach dem Krieg war der Schatten der Verfolgung nie wirklich verschwunden. Die Wunden waren nicht nur körperlicher Natur, sondern hatten sich tief in seine Seele eingegraben.

„Es ist schwer, den Hass zu vergessen", fuhr Samuel fort. „Und es ist schwer zu verstehen, dass diejenigen, die mit mir gehasst haben, jetzt behaupten, sie hätten nie gewusst, was passiert ist. Es gibt keine Entschuldigung. Aber ich habe gelernt, nicht mehr zu hassen. Ich habe gelernt, dass der einzige Weg, zu überleben, der Weg der Vergebung ist. Aber die Wunden bleiben trotzdem."

Luisa hatte den Kopf gesenkt, als sie nach den richtigen Worten suchte. „Es tut mir leid. Es tut mir wirklich leid was passiert ist."

Samuel nickte langsam. „Es gibt nichts, was sie mir sagen können, das den Schmerz lindert. Aber das ist Okay. Manchmal ist es gut, dass der Schmerz da ist. Denn er erinnert uns daran, dass wir noch leben. Und dass wir noch kämpfen können. Aber sie... Sie sind noch jung. Sie haben noch die Chance, zu verstehen, was wir verloren haben, bevor es zu spät ist."

Die Worte hallten in Karls Kopf nach. Samuel hatte nicht nur vom Krieg gesprochen, sondern von der tiefen, unersetzlichen Leere, die er hinterließ – eine Leere, die sich nicht nur in den Überlebenden, sondern auch in denen, die die Schrecken nie direkt erlebt hatten, manifestierte. Auch Karl und Luisa trugen ihren eigenen Schmerz mit sich, und obwohl er ein anderer war, so war er doch nicht weniger real.

Kapitel 17 Der Austausch der Narben

Nach diesem Treffen kehrten Karl und Luisa in die Baustelle zurück, doch die Begegnung mit Samuel hatte sie verändert. Es war, als hätten sie durch seine Erzählung einen Blick auf eine andere Realität bekommen, die sie nicht kannten, und die sie nie in der Tiefe verstehen könnten, ohne selbst ähnliche Erfahrungen gemacht zu haben.

Doch gerade das, was Samuel ihnen zeigte, war der Beginn eines neuen Verständnisses – nicht nur von dem, was der Krieg den Menschen angetan hatte, sondern auch von der Kraft der Resilienz und der Bedeutung des Erinnerns.

„Was denkst du über Samuel?" fragte Luisa. Als sie auf der Baustelle standen und die Arbeit beobachteten.

„Er hat so viele Wunden, aber er ist immer noch hier", antwortete Karl nachdenklich. „Vielleicht ist das, was wir tun müssen – überleben, und mit dem Schmerz leben. Und lernen, dass wir auch, wenn der Krieg uns zerstört hat, immer noch die Wahl haben, wie wir aufhören zu kämpfen."

Luisa nickte langsam. „Er hat uns einen Teil des Krieges gezeigt, den wir nie wirklich verstanden haben. Es ist schwer, sich vorzustellen, was er erlebt hat. Aber er hat Recht. Vielleicht geht es nicht darum, zu vergessen, sondern zu leben, trotz allem."

Es war ein paar Tage nach ihrer ersten Begegnung mit Samuel, als Karl und Luisa beschlossen, ihn erneut zu besuchen. Samuel hatte ihnen erzählt, dass er oft allein war, dass die Erinnerungen an die Zeit im Konzentrationslager ihn jeden Tag quälten.

Aber er hatte auch gesagt, dass er nicht gesagt, dass er nicht gerne in der Vergangenheit lebte. Er wollte weiterkommen, wollte nicht, dass die Wunden des Krieges sein Leben bestimmten. Dennoch konnte er sie nicht abschütteln – die Bilder, die Gerüche, die Schreie.

An diesem Nachmittag fanden sie Samuel wieder vor dem kleinen Café. Er saß auf einem der alten, knarrenden Stühle, seinen Hut tief ins Gesicht gezogen, als würde er versuchen, den Blick der Welt zu entziehen. Doch als er die beiden bemerkte, hob er den Kopf und nickte ihnen zu.

„Kommt, setzt euch", sagte er als er sie auf sich zukommen sah. „Ich habe euch etwas zu erzählen."
Karl und Luisa setzten sich, und der Moment war vertraut, als würden sie sich schon lange kennen. Samuel holte tief Luft, bevor er begann.

„Der Krieg hatte viele Gesichter", sagte er langsam, „aber das größte Gesicht des Krieges ist der Verlust der Menschlichkeit. Ich wurde 1941 ins Konzentrationslager deportiert. Ich war ein Junge, noch nicht einmal volljährig. Und ich kann mich noch genau an den Moment erinnern, als wir in den Viehwaggons auf den Transport warteten.
Man hatte uns versprochen, dass wir auf der anderen Seite Arbeit bekommen würden. Aber wir wussten es besser. Wir wussten, dass das nur ein Vorwand war.

Die Waggons waren eng, ohne Luft, ohne Platz. Wir hatten nicht genug zu trinken, nicht genug zu essen.
Und die Angst – die Angst war erdrückend. Ich kann mich an den Geruch erinnern, der Geruch der Panik, der Verzweiflung, der Verwesung."

Karl und Luisa hörten ihm mit einer Mischung aus Entsetzen und Staunen zu. Es war das erste Mal, dass sie wirklich von jemandem hörten, wie der Krieg in den Lagern erlebt wurde. Samuel hatte nie in der Öffentlichkeit über seine Erfahrungen gesprochen, und in diesem Moment schien es nun schon zum zweiten Mal, als öffnete sich eine ganz neue Welt für sie. Eine Welt, die sie bislang nur im Dunklen, verschwommenen Schatten existiert hatte.

„Wir hatten keine Namen mehr", fuhr Samuel fort. „Wir waren nur noch Nummern. Nummern, die durch den Zaun gingen, Tag für Tag. Wenn jemand zusammenbrach, wurde er einfach liegengelassen. Wenn jemand weinte, wurde er geschlagen. Wenn jemand krank war, wurde er eliminiert. Wir waren weniger als Tiere.
Und doch, in all der Dunkelheit, gab es immer noch etwas, das uns Menschen hielt. Es war das Überleben. Und dass, obwohl wir nie wirklich wussten, was Überleben bedeutete."

Er hielt inne und starrte auf seine Hände. Seine Finger zitterten leicht, als er sie betrachtete, als ob er versuchte, sich der Erinnerung zu entziehen, die er in sich trug.
Karl spürte die Schwere des Augenblicks, und auch Luisa, die sonst so ruhig war, konnte die Tränen in ihren Augen nicht verbergen.

„Es war nie einfach", fuhr Samuel fort. „die Zeit im Lager hat uns alle verändert. Wenn man sich fragt, was der schlimmste Teil des Krieges war, dann ist es nicht der Hunger oder die Kälte. Es ist das Gefühl, seine Menschlichkeit zu verlieren. Es war der Tod – aber nicht nur der Tod der Körper. Es war der Tod der Seele."

„Und wie haben sie das alles durchgestanden?" fragte Karl, seine Stimme kaum mehr als ein Flüstern.

Samuel sah ihn lange an, bevor er antwortete. „Ich weiß es nicht. Manchmal frage ich mich das auch. Es gab Momente, da dachte ich, dass ich nicht mehr kämpfen kann, dass ich nicht mehr atmen kann. Aber in diesen Momenten, als ich glaubte, alles sei verloren, da gab es immer noch die Erinnerung an meine Familie, an mein Zuhause, bevor der Krieg kam. Es war ein schwacher, flimmernder Lichtstrahl.

Ich habe versucht, mich an all das zu erinnern, was noch gut war. Aber manchmal war das sehr schwierig, denn der Krieg hat alles verdrängt, was schön war."

Karl war still. Es war kaum vorstellbar, was Samuel durchgemacht hatte. Das Leben, das sie führten, war ein Leben der Erneuerung, des Wiederaufbaus, aber Samuel war nicht, in dieser Phase des Lebens. Für ihn war der Krieg noch immer gegenwärtig, in jeder Falte seiner Haut, in jedem Zittern seiner Hände, in jedem Blick, den er auf die Welt warf.

„Haben sie ihre Familie wiedergefunden?", fragte Luisa leise, während sie versuchte, sich in seine Lage zu versetzen.

„Nein", sagte Samuel einfach. „Ich habe sie nie wiedergefunden. Ich weiß nicht, was aus ihnen geworden ist. Manche sagen, sie seien in den Osten verschleppt worden. Aber ich weiß es nicht. Ich habe nie Antworten bekommen. Es war ein Schatten, der über mir schwebte, die ganze Zeit. Aber was bleibt einem schon, wenn man die Liebe seines Lebens verliert?"

Die Worte hingen in der Luft, schwer und beinahe unerträglich. Karl fühlte einen Kloß im Hals.

Er konnte sich sehr gut vorstellen, wie es war, die eigene Familie in diesem Chaos zu verlieren, die eigene Identität.

Samuel hatte nicht nur seine Familie verloren, sondern auch das Vertrauen in alles, was er vorher gekannt hatte. Und dennoch saß er hier, sprach mit ihnen, und es schien, als hätte er nicht nur das Überleben, sondern auch das Leben wiedergefunden.

„Was tun sie heute, Samuel? Wie gehen sie mit allem um?" fragte Karl, als er in Samuels Augen blickte, die von unzähligen Erlebnissen und Schmerzen sprachen.

„Ich versuche zu leben", antwortete Samuel. „Ich versuche, den Frieden zu finden. Aber es ist oft nicht leicht, in einer Welt, die einen nicht wirklich versteht. Ich gehe oft durch die Straßen, sehe die Menschen, die sich an nichts erinnern, die ihre Freiheit leben, und ich frage mich, wie es möglich ist, dass so viele den Krieg schon vergessen haben.

Aber ich habe beschlossen, nicht mehr zu hassen. Ich habe genug gehasst. Ich versuche, die Erinnerungen zu bewahren, aber ich lasse sie nicht mehr mein Leben bestimmen. Denn ich bin mehr als nur das, was mir angetan wurde."

Kapitel 18 Die Last des Schweigens

Nachdem sie Samuel an diesem Nachmittag wieder verlassen hatten, gingen Karl und Luisa schweigend durch die Straßen. Ihre Gespräche hatten an Tiefe gewonnen, aber auch an Schwere. Was Samuel gesagt hatte, klang immer noch in ihren Köpfen nach – die Bilder, die Worte, die Schmerzen.

„Er hat so viel ertragen", sagte Luisa nach einer langen Pause. „Und trotzdem gibt er nicht auf."
„Ja", antwortete Karl, „und vielleicht ist das die wahre Stärke. Er hat auch alles verloren, genau wie wir, aber er lebt trotzdem weiter, genau wie wir."

Luisa flüsterte, „wir haben einen harten Weg, der vor uns liegt. Vielleicht können wir einen Teil von dem, was er uns erzählt hat, in unser Leben integrieren. Vielleicht geht es darum, den Schmerz zu akzeptieren, ohne ihm alles zu überlassen."
„Ja, das ist gut möglich", sagte Karl nachdenklich. Vielleicht ist das der richtige Weg. Und vielleicht sind wir auch nicht so allein, wie wir dachten."

Der Frühling war zu Ende gegangen, und der Sommer war in Gummersbach eingezogen. Es war eine Zeit des Aufbaus und der Veränderung. Der Krieg war nicht mehr das einzige Thema in den Gesprächen der Menschen – er hatte Platz gemacht für den Wiederaufbau, für die Hoffnung, dass das Leben irgendwie wieder seinen normalen Gang nehmen könnte. Doch für Karl und Luisa blieb vieles im Schatten des Geschehenen.

Obwohl sie in der Gemeinschaft auf Unterstützung stießen, blieb der Weg, den sie als Waisen und Überlebende des Krieges beschreiten mussten, steinig und unsicher.

Samuel hatte ihnen viel über das Überleben im Krieg erzählt, aber die eigentliche Herausforderung lag jetzt vor ihnen: Sie mussten lernen, in einer Welt zu leben, die von den Auswirkungen des Krieges durchzogen war.

„Was glaubst du, wie es weitergeht?" fragte Luisa eines Abends, als sie zusammen auf einer Bank in der Nähe ihres Grundstücks saßen und den Sonnenuntergang beobachteten.

Karl starrte auf die orangefarbenen Wellen, die sich über den Horizont zogen. „Ich weiß es nicht", sagte er nachdenklich. „Es fühlt sich an, als ob wir am Anfang von etwas stehen, das niemand wirklich verstehen kann. Wir sind hier, ja, aber alles ist anders. Die Menschen reden von einem neuen Frieden, aber für uns ist der Krieg immer noch da. Er lebt in den Erinnerungen, in den Geschichten der anderen, in den leeren Häusern... und auch in uns."

Luisa nickte stumm, und für einen Moment war es, als ob der Wind alles um sie herum in einen bleiernen Schwebezustand versetzte. Der Frieden, von dem so viele Sprachen, war für sie wie ein ferner Traum, den sie nicht erreichen konnten. Aber tief in ihnen keimte auch eine Entschlossenheit, sich nicht von den Schatten, des Krieges überwältigen zu lassen.

„Was, wenn wir versuchen, das zu tun, was Samuel getan hat?", fragte Luisa schließlich. „Versuchen, den Krieg hinter uns zu lassen und etwas Neues aufzubauen."

„Ich weiß was du meinst", sagte Karl.

„Aber es ist schwer. Es gibt so viele Menschen, die immer noch in den Trümmern des Krieges leben. Und es gibt noch so viele Wunden, die noch nicht verheilt sind.
Ich habe das Gefühl, das wir immer noch am Anfang von allem stehen, als ob wir das Land neu erfinden müssen – aber wir haben keine Karte und keine Anleitung."

„Vielleicht müssen wir unsere eigene Karte zeichnen", sagte Luisa, mit einem entschlossenen Blick. „Vielleicht müssen wir uns selbst eine Zukunft schaffen."

Karl sah sie an. In diesem Moment war es, als ob er die Last der letzten Jahre von seinen Schultern abwarf. Es gab immer noch unzählige Fragen und Ängste, aber Luisa hatte recht: Sie mussten anfangen, ihre eigene Zukunft zu gestalten. Und sie mussten es zusammentun.

Kapitel 19 Der Blick nach vorne

Die Wochen vergingen, und Karl und Luisa begannen, sich intensiver mit dem Wiederaufbau ihrer Welt zu beschäftigen. Die Baustelle für das neue Haus nahm Formen an, und der Gedanke, endlich einen Ort zu haben, an dem sie sich heimisch fühlen konnten, ließ Karl und Luisa neue Hoffnung schöpfen. Doch es war nicht nur das Haus, das ihr Leben prägte – es war auch die Verantwortung, die auf ihnen lastete.

Im Herbst 1953, als die ersten kalten Winde über das Bergische Land zogen, erhielten sie eine Einladung zu einer Besprechung im Rathaus von Gummersbach.
Der Bürgermeister, der sich bemüht hatte, den Wiederaufbau in der Region zu organisieren, hatte eine Reihe von Programmen ins Leben gerufen, um die Kinder und Jugendlichen der Region in den Arbeitsmarkt zu integrieren und die Wunden des Krieges zu heilen. Es war eine Gelegenheit für Karl, sich wieder in die Gemeinschaft einzubringen und gleichzeitig einen Sinn zu finden.

„Was meinst du? Sollen wir hingehen?" fragte Luisa, als sie die Einladung in den Händen hielt.
„Wir haben nichts zu verlieren", antwortete Karl. „Vielleicht gibt es einen Weg, wie wir halfen können, dass die nächste Generation nicht mit den gleichen Lasten lebt, die wir ertragen mussten."

So gingen sie also zu diesem Treffen, bei dem auch andere junge Menschen aus dem Ober-Bergischen anwesend waren. Der Raum war erfüllt von Gesprächen und dem Lärm der Menschen, die nach und nach ihre Plätze einnahmen.

Karl fühlte sich anfangs unsicher, aber als er die vertrauten Gesichter von anderen, ebenfalls vom Krieg gezeichneten Jugendlichen sah, spürte eine gewisse Verbundenheit.

Der Bürgermeister hielt eine kurze Ansprache über die Notwendigkeit von Solidarität und Zusammenarbeit im Wiederaufbau der Region. Aber es waren die Gespräche zwischen den Anwesenden, die Karl am meisten beeindruckten.

Hier saßen junge Männer und Frauen, die ähnliche Geschichten hatten wie er – Menschen, die ihre Eltern, ihre Heimat und ihre Kindheit verloren hatten.
Aber sie hatten überlebt, und jetzt, so schien es, wollten sie nicht nur überleben, sondern auch etwas Neues aufbauen.

„Es fühlt sich an, als ob wir endlich ein Teil von etwas sind", sagte Luisa, als sie den Raum verließen.
„Ja", antwortete Karl nachdenklich. „Vielleicht ist das der Beginn von etwas. Nicht nur für uns, sondern auch für alle anderen, die den Krieg überlebt haben. Es ist der Anfang davon, das zu tun, was wir wirklich brauchen: den Wiederaufbau von uns selbst."

Es war an einem kalten Dezembermorgen, als Karl und Luisa wieder Samuel trafen. Sie hatten ihn in den letzten Monaten immer wieder gesehen und sie hatten festgestellt, dass seine Geschichte ein Teil ihres Lebens geworden war. Doch dieser Tag sollte eine Wendung nehmen, die sie nicht erwartet hatten.

„Ich habe gehört, was ihr vorhabt", sagte Samuel, als er sich zu ihnen gesellte. „Das ihr euch in den Projekten engagiert. Das ihr den Wiederaufbau anpacken wollt."
„Ja", sagte Karl, „wir haben darüber nachgedacht. Wir müssen uns selbst wiederfinden und der nächsten Generation helfen, den Krieg hinter sich zu lassen. Wir wollen mehr als nur überleben. Wir wollen leben. Und etwas schaffen."

Samuel nickte nachdenklich. „Es gibt viel zu tun, das weiß ich. Aber, was ihr tut, ist wichtig. Ihr könnt nicht die Vergangenheit ändern, aber ihr könnt die Zukunft gestalten. Ihr habt die Wahl, wie ihr leben wollt. Und diese Wahl zu treffen, das ist die wahre Freiheit."

Karl und Luisa sahen sich an, und in diesem Moment wussten sie, das sie den richtigen Weg eingeschlagen haben. Es war nicht der einfache Weg, und er würde viele Herausforderungen mit sich bringen. Aber sie hatten die Verantwortung, sich der Zukunft zu stellen – und sie würden nicht alleine gehen. Sie würden es zusammen gehen.

Kapitel 20 Wipperfürth

Es war ein grauer Frühlingstag, als Karl und Luisa beschlossen, Wipperfürth zu besuchen. Der Gedanke, die Stadt wiederzusehen in der ihre Mutter groß geworden war, die Stadt, die sie in den letzten Jahren immer wieder in ihren Gedanken gehabt hatten, kam ihnen plötzlich in den Sinn.

Gummersbach hatte ihnen vieles gegeben, aber Wipperfürth... es war ein Ort voller Erinnerungen an ihre Eltern, voller Anfänge und Abschiede. Der Gedanke vielleicht doch lieber hier ein neues Leben zu beginnen, verlockte sie sehr.

„Vielleicht finden wir hier eine Verbindung zur Vergangenheit", sagte Karl, als sie in den alten Zug stiegen. „Vielleicht können wir in Wipperfürth das Gefühl von Mamas Heimat wiederfinden." Luisa nickte, aber in ihren Augen lag ein Hauch von Unsicherheit. Sie hatten viel durchgemacht und obwohl der Gedanke, sich einer weiteren vertrauten Umgebung niederzulassen, einen Hauch von Geborgenheit versprach, war die Wahrheit doch, dass sie sich nie wirklich sicher fühlten, ob sie tatsächlich nach Hause zurückkehren konnten.

Der Krieg hatte ihre Heimat auf eine Weise verändert, die sie nicht begreifen konnten, und sie waren nicht sicher, ob sie jemals wieder in der Lage wären, die Risse zu heilen, die hinterlassen worden waren.

Der Zug rollte langsam in den Bahnhof von Wipperfürth. Die Luft roch nach frischem Regen, und das vertraute Geräusch der Schienen unter ihnen erinnerte daran, wieviel Zeit vergangen war. Als sie ausstiegen, spürten sie den Blick der alten Gebäude, die wie stumme Zeugen der Geschichte auf sie herabsahen.

Wipperfürth hatte sich verändert, aber die Straße und Gassen, die sie früher so gut gekannt hatten, waren noch immer da. „Es fühlt sich... anders an", sagte Luisa leise. „Aber auch irgendwie vertraut."

„Ja", antwortete Karl, „als ob der Krieg hier nie wirklich angekommen ist, aber irgendwie doch alles verändert hat."
Sie machten sich auf den Weg zu einem Café in der Nähe des Marktplatzes, einem Ort, den sie früher mit ihren Eltern oft besucht hatten als sie noch Kinder waren.

Die Straßen waren nicht überfüllt, aber es gab genug Menschen, die auf dem Weg zur Arbeit oder zum Einkaufen waren. Das Café war ein kleines gemütliches Lokal, das immer noch in Familienbesitz war. Als sie eintraten, begrüßte die Wirtin sie mit einem Lächeln. Es war eine ältere Frau, die Karl und Luisa vom Sehen kannten.

„Na, ihr beiden!", sagte sie herzlich. „Was für ein Zufall, euch hier zu sehen. Ihr seid doch die Geschwister Müller, die damals in Gummersbach gewohnt haben, oder?"
„Ja, das sind wir", antwortete Karl, ein wenig überrascht von der herzlichen Begrüßung. „Es ist lange her, nicht wahr?"

„Oh, lange! Aber ihr seid zurückgekehrt! Wie schön, wie schön. Setzt euch doch, ihr dürft gerne einen Kaffee trinken. Der geht auf mich!"
Es fühlte sich wie ein kleiner Schritt in eine vergangene Welt an. Sie setzten sich an einen Fensterplatz und genossen den Moment der Ruhe, während sie den Verkehr auf dem Marktplatz beobachteten.

Doch trotz der gewohnten Atmosphäre war der Krieg immer noch präsent. In den Gesprächen, die an ihnen vorbeizogen, hörten sie immer wieder von den Entbehrungen, von den Verlusten, von den Menschen, die nicht zurückgekehrt waren. Der Krieg hatte tiefe Spuren hinterlassen.

„Wir haben hier auch viele junge Leute verloren", sagte die Wirtin schließlich, als sie sich dem Tisch näherte. „Es war schlimm, als der Krieg zu Ende war. Viele sind nie zurückgekehrt. Wir haben uns irgendwie wieder zusammenraffen müssen, aber die Wunden, die der Krieg hinterlassen hat, kann niemand je ganz heilen."

„Ja, das haben wir auch erlebt", sagte Luisa leise. „Unsere Eltern sind abgeholt worden und wir haben sie nie wieder gesehen. Es ist, als ob man etwas verloren hat, das nie mehr zurückkommt. Die Menschen, die da waren, die sicher schienen..."

„Genau" nickte die Wirtin. „Es ist eine Leere, die man nicht fühlen kann. Abe wir müssen trotzdem weiter machen, nicht wahr? Es tut mir sehr leid, dass ihr eure Eltern verloren habt."

„Ja", sagte Karl nachdenklich. „Wir müssen weitermachen. Aber manchmal ist es schwer, zu wissen wie."

Nach dem Café besuchten Karl und Luisa noch einige Orte, die sie aus ihrer Kindheit kannten. Die alten Häuser, die Straßen, die Bäume – sie alle hatten sich verändert, aber gleichzeitig blieben sie ein Stück ihrer Vergangenheit.
Schließlich entschieden sie sich, zu einem alten Bekannten von Karls Vater zu gehen – ein Mann namens Heinrich, der während des Krieges als Nachbar gearbeitet hatte.

Heinrich lebte in einem kleinen, unscheinbaren Haus am Rande der Stadt. Er war alt, gezeichnet von den Jahren, doch es lag noch immer eine gewisse Ruhe und Weisheit in seinem Blick. Als er sie erblickte, öffnete er die Tür und begrüßte sie mit festem Händedruck.

„Ich seid also tatsächlich hier", sagte er, als sie sich hinsetzten. „Ich habe schon gehört das ihr in der Gegend seid. Wie ist es euch ergangen?"
„Es war hart", antwortete Karl ehrlich. „Der Krieg hat uns mehr genommen, als wir je für möglich gehalten hätten. Aber wir versuchen, nach vorne zu schauen. Und nun sind wir hier, in Wipperfürth.

Heinrich nickte und schwieg einen Moment. Dann fragte er: „Habt ihr von den Ereignissen gehört, die hier vor einigen Jahren passiert sind? Der Krieg, der uns allen so viel genommen hat, hat auch viele andere Geschichten hinterlassen."

Karl und Luisa sahen sich an. „Was für Geschichten?", fragte Luisa.
„Es gibt Menschen hier in Wipperfürth, die genau wie ihr den Krieg überlebt haben", sagte Heinrich leise. „Aber es gibt auch solche, die viel Schlimmeres durchgemacht haben. Es gibt Geschichten von denjenigen, die in den Lagern waren, von denen, die gezwungen wurden, zu arbeiten, von denen, die von ihren Familien getrennt wurden, so wie ihr.

Die Geschichten sind schwer zu hören, aber sie sind wichtig. Denn sie zeigen, was dieser Krieg mit den Menschen gemacht hat. Und viele von ihnen wollen auch darüber sprechen."

In diesem Moment merkte Karl und Luisa, dass sie noch viel mehr über die Kriegsfolgen und die Erfahrungen der Überlebenden in ihrer Region lernen mussten. Die Stadt Wipperfürth, mit ihrer Geschichte, war ein Spiegelbild der ganzen Region, die noch immer unter den Nachwirkungen des Krieges litt.

Sie spürten, dass ihre Rückkehr hierher kein Zufall war. Es war ein Weg, mehr zu verstehen, und vielleicht, ein kleines Stück dazu beizutragen, den Schatten des Krieges ein Stück mehr zu vertreiben.

Kapitel 21 Geschichten der Überlebenden in Wipperfürth

Die Tage in Wipperfürth vergingen schneller, als Karl und Luisa erwartet hatten. Sie begannen, mehr über die Stadt zu erfahren, nicht durch die Orte, die sie kannten, sondern auch durch die Gespräche mit denjenigen, die hier lebten und den Krieg auf ihre eigene Weise erlebt hatten.

In den ersten Tagen nach ihrer Ankunft trafen sie sich immer wieder mit Heinrich, der immer tiefer in die Geschichten von Wipperfürth eintauchte. Es waren Geschichten, die in den Letzten Jahren der Nachkriegszeit nur selten ausgesprochen worden waren – zu schmerzhaft, zu voller Verlust, zu voller Scham.
Aber langsam, mit jeder Begegnung, wuchs bei Karl und Luisa die Erkenntnis, dass diese Geschichten genauso wichtig waren wie ihre eigenen. Die Stadt, die sie als Kind gekannt hatten, war ein Ort der Wunden, aber auch ein Ort des Überlebens.

An einem sonnigen Morgen saß Heinrich auf einer Bank am Marktplatz, Karl und Luisa kamen vorbei und setzten sich zu ihm. Heinrichs Gesicht war blass, er richtete seinen Blick fest auf die beiden. Dann fing er an zu erzählen.

„Es ist wichtig, dass die jüngere Generation in Zukunft versteht, was damals geschah. Ab Oktober 1944, als die Front näher rückte, wurden hier sogenannte Volksturm-Einheiten aufgestellt. Vom 16. Februar bis zum 26. März 1945 erlebte Wipperfürth mehrere Luftangriffe. Das verheerendste war am 22. März, als eine Bombe unser Rathaus am Marktplatz und ein angrenzendes Hotel zerstörte.

Im April 1945 sprengten deutsche Truppen die Ohler Brücke, um den Vormarsch der Alliierten zu verzögern. Es gab sogar den Befehl, die umliegenden Talsperren zu sprengen, doch glücklicherweise wurde dieser nicht ausgeführt.

Am 13. April 1945 marschierten die Amerikaner von Egerpohl und Dohrgaul kommend in Wipperfürth ein.
Nach dem Krieg, 1946, wurde hier ein Durchgangslager für Flüchtlinge aus den ehemaligen deutschen Ostgebieten eingerichtet. Täglich kamen zwischen 1000 und 1800 Menschen an, oft mussten sie länger bleiben, als ursprünglich vorgesehen war.

In den Jahren nach dem Krieg gab es eine akute Wohnungsnot. Viele vertriebene Flüchtlinge suchten eine neue Heimat. 1955 wurden in der Siedlung Hönnige die ersten Wohnungen fertiggestellt, um dieser Not entgegenzuwirken."

Heinrich atmete tief ein. „Ich denke das reicht fürs erste. Das sind die Fakten. Die schlimmen Geschichten werde ich euch jetzt ersparen. Ihr werdet bestimmt noch andere Menschen treffen, die euch Detail erzählen werden. Und außerdem habt ihr beiden selbst auch schon genug Leid ertragen müssen."

„Vielen Dank Heinrich für deine offenen Worte. Es gibt noch so viel, was wir lernen müssen zu verstehen." Sagte Karl.

Die standen auf und verabschiedeten sich von Heinrich.
Als sie dann so in Gedanken versunken über den Marktplatz schlenderten, bemerkten sie eine kleine Gruppe älterer Männer, die auf einer Bank saßen und in leisen, aber intensiven Gesprächen vertieft waren.

Ihre Gesichter waren von den Jahren und den Lasten des Krieges gezeichnet. Einige trugen noch die Narben des Krieges, von denen sie nie ganz loskamen. Karl und Luisa gingen langsam auf die Gruppe zu und setzten sich zu ihnen.

„Guten Tag", begann Karl, „wir sind neu in der Stadt und wollten euch fragen, ob es Okay ist, wenn wir uns zu euch setzen."
„Na, was für eine Überraschung", sagte einer der Männer mit einem leichten Lächeln. „Neue Gesichter sind hier eher selten. Aber natürlich könnt ihr euch gerne zu uns setzen. Es gibt immer Raum für ein Gespräch."

„Ihr seid also aus Gummersbach, richtig?" fragte der Mann, dessen Name Karl inzwischen erfuhr. Johann.
„Ja, wir sind kürzlich hierhergekommen", antwortete Luisa. „Es fühlt sich immer noch ein wenig seltsam an, nach all den Jahren wieder einmal hier zu sein."

„Das kann ich gut verstehen", sagte Johann nachdenklich. „Wir alle sind irgendwie die Überlebenden. Überlebende von mehr als nur dem Krieg. Es gibt viele, die hierhergekommen sind, aber nur noch wenige, die es wirklich verstanden haben, was der Krieg uns genommen hat. Viele von uns sind nie wirklich zurückgekehrt."

Die anderen Männer nickten zustimmend. Einer von ihnen, ein älterer Mann mit grauen Haaren und einer tiefen, kratzigen Stimme, begann zu sprechen. „Ich habe im Osten gekämpft. In Russland. Da war der Krieg eine ganz andere Geschichte. Wir waren keine Soldaten mehr, wir waren einfach nur noch Überlebende. Ich erinnere mich, wie ich in der Kälte lag und keinen Gedanken mehr an den Sieg verschwendet habe.

Alles, was zählte, war, dass ich noch atmete. Als wir zurückkamen, war Deutschland nicht mehr das Land war, das wir gekannt hatten. Wir hatten nie die Chance, zu verarbeiten, was passiert war. Der Krieg hatte uns genommen, was uns ausmachte, und als wir nach Hause zurückkehrten, war da nichts, was uns wieder aufbauen konnte. Nicht einmal der Frieden."

Sein Name war Hans. Er sprach ruhig, aber seine Worte trafen tief in das Herz von Karl. Es war eine Erinnerung daran, dass der Krieg nicht nur das Land zerstörte, sondern auch die Seelen der Menschen.

„Wie habt ihr euch wiedergefunden?" fragte Karl vorsichtig. „Wie habt ihr das Gefühl gehabt, wieder etwas von euch zurückzuholen?"
Johann, der ihnen bis jetzt fast nur zugehört hatte, lehnte sich zurück und seufzte. „Es gibt kein einfaches Rezept, mein Junge. Wir haben uns gegenseitig gehalten. Jeder von uns hatte seine eigene Art, mit dem, was er erlebt hatte, klarzukommen. Aber wir wussten, dass wir nicht allein waren. Ein gutes Gespräch, ein bisschen Trost, das hat uns oft durch die schlimmsten Zeiten geholfen. Aber auch die Stille. Manchmal war es einfach nur die Stille, die uns heilte. Und die Arbeit. Viel Arbeit."

„Arbeit?", wiederholte Luisa, als sie versuchte den Zusammenhang zu verstehen.
„Ja", antwortete Heinrich. „Arbeit war für uns eine Möglichkeit, den Kopf freizubekommen. Wenn du dich in etwas vertiefst, das mit deinen Händen zu tun hat, dann kannst du zumindest für eine Weile all die anderen Gedanken, all die anderen Geister vertreiben. Und irgendwann hast du vielleicht die Kraft, wieder zu fühlen."

Diese Woche hinterließ einen bleibenden Eindruck bei Karl und Luisa. Es war eine Perspektive, die sie so noch nie gehört hatten. Der Krieg, so schien es, hatte nicht nur ihre eigenen Eltern und viele andere Menschen physisch zerstört, sondern auch die geistige und emotionale Welt vieler, die versuchten, wieder zu leben. Die Herausforderung lag nicht im Überleben, sondern auch im Wiederaufbau einer Welt, die nach dem Krieg so fragmentiert war.

„Was ist mit den anderen?" fragte Luisa zögernd. „Denjenigen, die nicht mehr da sind? Denen, die nicht zurückgekommen sind?"
„Sie sind immer noch hier", sagte Johann ruhig. „In unseren Gedanken, in den Träumen, in den Geschichten, die wir uns gegenseitig erzählen. Sie sind nicht vergessen. Aber wir müssen weiterleben, auch für sie. Wir können sie nicht zurückholen. Aber wir können mit ihnen in unserem Gedächtnis leben und ihnen die Ehre erweisen, indem wir weitermachen."

Karl und Luisa schwiegen, als sie die Ernsthaftigkeit seiner Worte in sich aufnahmen. Die Geschichte, die sie hörten, war eine Geschichte von Verlust und Überlebenswillen, aber auch von der Verantwortung, für die zu leben, die nicht mehr da waren.

In den folgenden Tagen verbrachten Karl und Luisa immer mehr Zeit mit den älteren Männern. Sie hörten mehr von den Geschichten der anderen Überlebenden aus Wipperfürth und Umgebung – von den Landarbeitern, die Zwangsarbeit leisten mussten, von den Frauen, die ihre Männer verloren und Kinder alleine großzogen, von den Familien die auseinandergerissen wurden.

Jeder hatte seine eigene Geschichte, seine eigenen Narben, aber alle hatten gemeinsam, dass der Krieg sie verändert hatte. Und der Versuch, die Brüche zu heilen, war eine lebenslange Aufgabe.

Kapitel 22 Ein neues Leben, eine neue Verantwortung

Langsam begannen Karl und Luisa, sich mehr in der Gemeinschaft von Wipperfürth einzuleben. Sie nahmen oft an Gesprächen teil, hörten zu und versuchten, ihre eigenen Erlebnisse zu teilen. Aber je mehr sie von den anderen erfuhren, desto mehr spürten sie, dass sie nicht nur Zeuge des Krieges waren – sie waren auch Hüter der Erinnerung, Träger der Geschichten, die in den Herzen der Überlebenden lebten.

Doch mit der Verantwortung kam auch eine neue Herausforderung: Wie könnten sie helfen, diese Geschichten zu bewahren, zu erzählen und weiterzugeben? Wie könnten sie sicherstellen, dass der Schmerz und das Leid nicht vergessen wurden? Sie wussten, dass ihre eigene Geschichte noch lange nicht zu Ende war – aber sie waren fest entschlossen, Teil des Wiederaufbaus zu sein.
Diesmal nicht nur im physischen Sinne, sondern auch im Sinne des Gedächtnisses und der Heilung durch die Gemeinschaft.

Diese Begegnungen mit den anderen Überlebenden vertieften nicht nur das Verständnis von Karl und Luisa für die Auswirkungen des Krieges, sondern gaben ihnen die Möglichkeit, in die Geschichte der Stadt Wipperfürth einzutauchen und die Erlebnisse der Menschen dort zu begreifen. Die Konfrontation mit den Geschichten von Verlust und Überleben zeigte ihnen, dass Heilung ein kollektiver Prozess war – und dass sie, auch wenn ihre eigenen Wunden nicht vollständig verschwinden würden, einen Beitrag leisten können, um die Geschichten lebendig zu halten.

Die Tage in Wipperfürth wurden länger, und der Frühling zog in die Stadt ein. Karl und Luisa verbrachten immer mehr Zeit mit den Überlebenden, die sie in der kleinen Gruppe auf dem Marktplatz getroffen hatten. Ihre Gespräche wurden immer intensiver, die Geschichten ausführlicher und persönlicher. Es war, als ob jeder einzelne dieser alten Männer und Frauen einen Teil der Geschichte Wipperfürths in sich trug – ein Kapitel der Vergangenheit, das nie wirklich zu Ende war, sondern in den Erinnerungen weiterlebte.

Eines dieser Gespräche fand bei einer der Frauen statt, die immer wieder über den Verlust ihres Mannes und ihrer Söhne sprach. Ihr Name war Anneliese, eine Frau, die ihre Jugend im Schatten des Krieges verbracht hatte und deren Leben in den letzten Jahren von unzähligen Verlusten gezeichnet war.

„Ich habe immer gedacht, wir würden es schaffen", begann sie eines Nachmittags, als sie sich zu Karl und Luisa gesellte. „Wir hatten unser kleines Zuhause in der Nähe von Hückeswagen. Als der Krieg begann, hatten wir noch so viel Hoffnung. Mein Mann und ich... wir wollten immer ein gutes Leben führen, wollten für unsere Kinder da sein. Doch dann, nach der Niederlage, nach der Zerstörung, gab es nur noch Einsamkeit."

Sie hielt kurz inne, als würde sie sich sammeln müssen, um weiterzusprechen.

„Meine Söhne wurden zum Militär eingezogen, meine Töchter mussten arbeiten, um das Essen zu beschaffen. Aber da Schlimmste war, als sie sie wegführten. Mein Mann hatte es nicht mehr lange in dem Lager ausgehalten. Es war, als ob der Krieg uns nicht nur die Menschen nahm, sondern uns auch die Kraft raubte, weiterzumachen."

Karl und Luisa sahen sie an, während sie sprach. Es war schwer, ihre eigenen Erfahrungen in Worte zu fassen, wenn sie die Tiefe des Verlustes erkannten, der Anneliese widerfahren war. Ihre Worte schienen von einer unendlichen Leere zu kommen – einer Leere, die nie wirklich gefüllt werden konnte.

„Ich habe meine Familie verloren", fuhr Anneliese fort. „Und doch blieb ich hier, mit einer Verantwortung, mit einem Dorf, das sich langsam wieder aufbaute. Aber es gab keinen Trost. Die Erinnerungen, das Fehlen von ihnen, ist das, was mich jeden Tag begleitet."

Es war ein Moment stiller Verständigung. Karl fühlte, wie der Schmerz von Anneliese ihn durchdrang, und er merkte, wie sehr der Krieg alles verändert hatte. Nicht nur das Land war zerstört worden, sondern auch die innere Welt der Menschen. Diese Leere, diese unaufhörliche Trauer, war ein gemeinsames Band, das alle miteinander verband.

„Aber was habt ihr dann gemacht?" fragte Luisa, um das Gespräch wieder zu eröffnen. „Wie seid ihr weitergekommen?"

Anneliese seufzte, als sie die Frage hörte. „Zuerst hatte ich keine Antwort. Die Jahre nach dem Krieg waren eine endlose Spirale von Trauer und Hoffnungslosigkeit. Aber irgendwann, habe ich angefangen, mich wieder mit den anderen zu verbinden. Mit den Menschen aus dem Dorf. Ich habe angefangen zu helfen, die Wunden zu heilen, die der Krieg hinterlassen hatte – auf eine andere Art. Wir bauten gemeinsam neue Häuser, pflanzten Bäume, versuchten alles, was wir noch hatten, zu bewahren." Sie lächelte leicht, als sie an diesen Teil ihrer Geschichte zurückdachte.

„Es war weiß Gott nicht einfach. Aber mit der Zeit, mit der Hilfe der anderen, fand ich einen kleinen Weg, meine Seele wieder zu beruhigen. Ich fand Frieden in der Arbeit, in der Gemeinschaft."

Karl und Luisa nickten nachdenklich. Es war eine einfache, aber eindrucksvolle Erkenntnis: Heilung war nicht immer sofort da, aber sie konnte auch nicht auf Knopfdruck eintreten. Aber die Gemeinschaft, die Arbeit, das Gefühl, gemeinsam etwas zu erschaffen, das war ein Anfang. Ein Anfang für die Überlebenden, ein Anfang für alle, die ihre Welt verloren hatten.

An einem weiteren Nachmittag, als Karl und Luisa auf dem Feld hinter dem Dorf spazieren gingen, begegneten sie einem alten Mann, der mit einem Wanderstab auf sie zukam.
Er trug einen abgetragenen Mantel und einen Hut, der seine Stirn tief beschattete. In seinen Augen war etwas, das Karl nicht sofort einordnen konnte – eine Mischung aus Entschlossenheit und Schmerz.

„Was führt euch hierher?", fragte der Mann mit heiserer Stimme, als er an ihnen vorbeiging. Seine Stimme klang alt und brüchig, doch sie hatte etwas, das nicht nur von Alter, sondern auch von unzähligen Lebenserfahrungen sprach.

„Wir sind noch nicht lange in Wipperfürth, wir kommen aus Gummersbach", sagte Luisa höflich. „Wir wollten die Umgebung kennenlernen."

Der Mann blieb stehen und sah sie an. „Kennt ihr die Geschichten von denjenigen, die wirklich durch den Krieg gegangen sind? Von denen, die den tiefsten Schmerz ertragen mussten?"

„Wir haben schon einige Geschichten gehört, aber bestimmt nicht alle", antwortete Karl. Aber es gibt bestimmt noch viel mehr, oder?"

„Oh ja", sagte der Mann mit einem schmerzlichen Lächeln. „Es gibt immer mehr. Aber man muss sie mit dem Herzen hören, nicht nur mit den Ohren. Der Krieg ist nicht nur das, was man im Schützengraben gesehen hat. Es ist auch das, was in den Städten, in den Dörfern passiert ist. Er ist das, was in den Köpfen der Menschen geblieben ist. Die Spuren, die er hinterlassen hat, sind tief."

Der Wanderer setzt sich auf einen großen Stein und winkte Karl und Luisa, sich zu ihm zu setzen. „Ich bin nicht von hier", sagte er nach einer Weile. „Ich habe den Krieg überlebt, auf meine Weise. Aber was er mir genommen hat, das lässt sich nie wiederfinden. Meine Familie, mein Zuhause – es gibt keine Rückkehr zu dem, was war. Es gibt nur den Weg nach vorne. Und manchmal, wenn ich auf diese Felder blicke, sehe ich die Bilder von denen, die nicht mehr da sind. Und ich frage mich, ob sie je Frieden finden werden.
Oder ob der Frieden etwas ist, das wir selbst erschaffen müssen."

Karl und Luisa setzten sich nun ebenfalls. Der Wanderer sprach in einer ruhigen, fast philosophischen Weise, und sie spürten, dass seine Worte etwas tief in ihnen bewegten. Der Schmerz war immer noch da, aber vielleicht, dachten sie, war es ein Versuch, dem Schmerz einen neuen Paltz im Leben zu geben, der sie zu Menschen machte, die trotz allem weiterlebten.

„Ihr seid noch jung", sagte der Wanderer schließlich, als er sich erhob. „Aber der Krieg wird euch trotzdem begleiten, wohin ihr auch geht. Er ist nicht einfach nur eine Erinnerung. Er ist Teil von uns. Und vielleicht ist es das, was der Frieden wirklich bedeutet – zu akzeptieren, dass wir nie wieder die Menschen von damals sein werden, aber auch zu wissen, das wir weitergehen können, wenn wir uns gegenseitig tragen."

Der Wanderer hob seinen Stab und ging langsam davon, während die beiden Geschwister ihn nachdenklich betrachteten.

Kapitel 23 Der Kreis schließt sich

Nach dieser Begegnung begannen die beiden, die Gespräche mit den anderen weiterhin intensiv zu führen. Es gab noch viele Geschichten, die darauf warteten erzählt zu werden. In Wipperfürth fanden sie einen Raum für ihre eigene Heilung, aber auch einen Ort, an dem die Wunden der Gemeinschaft noch lange nicht verheilt waren.

Die Erinnerung an die Toten, an die verpassten Chancen, an die zerstörte Heimat blieben. Aber in diesen Gesprächen, in den kleinen Momenten des Verstehens und des Teilens, begannen sie zu erkennen, dass das Leben trotz allem weitergehen konnte. Nicht immer perfekt, nicht immer heil, aber immer weiter.

Es war ein ruhiger Abend, als Karl und Luisa nach einem langen Tag auf dem Feld, bei dem sie geholfen hatten, Bäume zu pflanzen, zusammen auf einer Bank in der Nähe des Marktplatzes saßen. Der Wind wehte sanft durch die Blätter der Bäume, und der Himmel färbte sich in sanften Farben des Sonnenuntergangs. Es war ein friedlicher Moment, der sie für einen Augenblick vergessen ließ, wie weit sie gekommen waren.

„Weißt du Karl", begann Luisa nach einer langen Pause, „ich habe das Gefühl, das ich langsam wieder atmen kann. Als wäre der Krieg nicht mehr das Einzige, das in meinem Kopf ist. Manchmal... fühle ich mich fast wieder wie ein normaler Mensch."

Karl sah sie an und nickte. „Ich weiß, was du meinst. Die Gespräche mit den anderen mit den unterschiedlichen Leuten hier, haben wirklich geholfen.

Aber es gibt immer noch so viele Fragen. So viele Dinge, die wir nie wirklich verstehen werden. Wie viel bleibt von uns, wenn der Krieg vorbei ist?"

Luisa schüttelte leicht den Kopf. „Ich denke nicht, dass es darum geht, alles zu verstehen. Es geht eher darum, was wir daraus machen. Der Krieg hat uns genommen, was wir hatten. Unsere Eltern, unser zu Hause. Aber das bedeutet nicht, dass wir keine Zukunft mehr haben. Wir müssen einfach einen neuen Weg finden."

Karl stimmte zu, auch wenn es schwer war, sich vorzustellen, dass alles je wieder normal sein würde. Aber in diesem Moment spürte er etwas, das er lange nicht gefühlt hatte – Hoffnung. Es war vielleicht ein schmaler Strahl, aber er war da.

In den Wochen, die folgten, halfen die beiden beim Wiederaufbau der Häuser, unterstützten die älteren Menschen, die immer noch in den Ruinen lebten, und kümmerten sich um die Kinder, die nach und nach in das Dorf zurückkehrten. Sie fanden Arbeit, indem sie auf den Feldern halfen und sich um die Tiere kümmerten. Für einen kurzen Moment schien es fast, als ob der Krieg nur ein entferntes Echo war.

Doch die Wunden der Vergangenheit ließen sich nicht einfach vergessen. Trotz der Bemühungen, sich zu integrieren und das Leben weiterzuleben, waren die Schatten des Krieges immer präsent. In jeder Ecker der Stadt, in jedem Gespräch und in jeder Begegnung lag eine Trauer, die nicht vollständig verschwinden konnte. Sie war in den Händen der Menschen zu sehen – in der Art, wie sie sprachen, in den Pausen, die ihre Worte hinterließen, in der Melancholie, die sie in ihren Augen trugen.

Eines Nachmittags, als Karl und Luisa wieder zusammen auf dem Marktplatz saßen, bemerkten sie einen alten Mann, der auf sie zukam. Er war ein weiteres Mitglied der Gemeinde, den sie schon oft gesehen hatten, aber nie wirklich mit ihm gesprochen hatten. Sein Name war Hartmut, und er trag einen verschlissenen Mantel, der schon viele Jahre überstanden hatte. Aber was die Geschwister an ihm bemerkten, war nicht nur sein äußeres Erscheinungsbild, sondern auch die Art, wie er in die Welt blickte – als ob er mehr gesehen hatte, als ein Mensch je sehen sollte.

„Ihr zwei seid immer noch hier", sagte Hartmut mit einem leichten Lächeln, als er sich zu ihnen setzte. „Ihr habt gut daran getan, zu bleiben. Wipperfürth braucht Leute wie euch."
„Es ist schön hier zu sein", antwortete Karl. „Es fühlt sich an, als ob wir endlich etwas finden, was uns hier hält. Aber manchmal... frage ich mich, ob wir uns jemals von dem, was passiert ist, erholen können."

Hartmut nickte langsam. „Der Krieg ist wie ein Feuer. Es brennt alles nieder und hinterlässt nur Asche. Aber die Asche bleibt. Sie ist immer da, auch wenn die Flammen längst erloschen sind. Und genau wie die Asche kann es viele Jahre dauern, bis sie sich endlich wieder zu etwas Neuem verfestigt. Aber das bedeutet nicht, dass es keine neuen Blüten gibt. Es bedeutet nur, dass es Zeit braucht."

„Glaubst du, es gibt einen Moment, in dem der Schmerz einfach weggeht?", fragte Luisa, die noch immer die Leere in sich spürte, wenn sie an ihre Eltern dachte.

Hartmut sah sie lange an, als überlegte er, wie er antworten sollte. „Der Schmerz wird nie ganz verschwinden. Es gibt immer Tage, an denen er stärker wird. Aber der Schmerz hat auch eine andere Seite – er zeigt uns, dass wir noch am Leben sind. Und das bedeutet, dass wir auch irgendwann wieder Freude erfahren können. Vielleicht nicht auf die gleiche Weise wie vorher, aber auf eine neue, gelebte Art."

Diese Worte gingen tief in Karl und Luisa. Sie merkten, dass sie langsam begannen, den Krieg in einem anderen Licht zu sehen – nicht nur als den großen Albtraum, der ihre Kindheit zerstört hatte, sondern auch als einen Teil von ihnen, den sie nur in ihr Leben integrieren mussten.

Kapitel 24 Die Entscheidung

Die Wochen vergingen, und mit jedem Tag wuchsen Karl und Luisa weiter ihrer neuen Rolle als Teil der Gemeinschaft. Aber eines Tages, als Karl in einem Gespräch mit Hartmut und einigen anderen Dorfbewohnern saß, wurde ihm plötzlich klar, dass er nicht für immer in Wipperfürth bleiben konnte. Irgendetwas in ihm sehnte sich nach mehr, nach einem neuen Ziel, nach einer Möglichkeit, die Dinge noch weiter voranzutreiben.

„Ich denke, es ist Zeit für mich, weiterzuziehen", sagte Karl nach einer langen Pause, die er mit Gedanken verbracht hatte. „Ich habe hier viel gelernt, aber ich will nicht, dass dies das Ende für mich ist. Ich möchte etwas ganz neues aufbauen – für mich, für Luisa, für die Zukunft. Und ich weiß, dass ich das hier nicht allein schaffen kann. Wir haben auch schon in Gummersbach angefangen für uns ein Haus zu bauen, bevor wir hierhergekommen sind."

„Aber du bist nicht allein", sagte Hartmut ruhig. „Wir sind immer noch hier, um dich zu unterstützen. Du wirst immer Teil dieser Gemeinschaft bleiben."

Karl nickte und sah zu Luisa, die neben ihm saß. „Ich weiß, aber ich habe das Gefühl, dass ich noch mehr tun muss. Vielleicht kann ich noch in einer anderen Stadt arbeiten, etwas aufbauen. Und wenn die Zeit reif ist, können wir immer wieder zurückkommen, um uns an diesem Ort zu erinnern."

Luisa sah ihn mit einem sanften Lächeln an. „Ich verstehe. Ich bin bereit, Karl. Wenn du gehst, dann gehe ich mit dir. Wir können diese Reise gemeinsam machen."

Karl nahm ihre Hand und drückte sie sanft. Es war der Moment, in dem er wusste, dass es noch viel mehr für sie gab, was sie gemeinsam erreichen konnten – dass ihre Reise noch lange nicht vorbei war.

Der Entschluss stand also fest. Karl und Luisa würden Wipperfürth verlassen und sich auf den Weg machen, um eine neue Zukunft zu finden. Sie wussten nicht genau, wohin sie gehen sollten, aber sie fühlten sich bereit. In ihren Herzen trugen sie die Geschichten der Überlebenden, die sie auf ihrem Weg gehört hatten. Diese Geschichten würden sie begleiten und sie immer daran erinnern, was es bedeutet, wirklich zu leben und zu Kämpfen – nicht nur gegen äußere Feinde, sondern auch gegen die Schatten der Vergangenheit.

Sie packten ihre wenigen Habseligkeiten und verabschiedeten sich von den Menschen, die ihnen so viel beigebracht hatten. Doch als sie den Weg in die unbekannte Zukunft aufnahmen, spürten sie, dass sie nicht alleine waren. Sie trugen all die Erinnerungen und Erfahrungen derer mit sich, die überlebt hatten.

Der Krieg hatte vieles zerstört, aber er hatte ihnen auch beigebracht, wie wichtig es war, zu leben, zu lieben und nicht aufzugeben.

Es war ein sonniger Morgen, als die beiden Geschwister ihre letzten Schritte in Wipperfürth setzten. Der Rucksack auf ihren Schultern schwer, aber leichter als die Last, die sie schon so lange getragen hatten – die Last der Vergangenheit. Jeder Schritt, den sie machten, fühlte sich wie ein aufatmen an, ein Schritt in die Ungewissheit, aber auch in die Freiheit.

Der Wind, der durch die Bäume wehte, schien sie zu begleiten, als würde er sie sanft in die weite Welt hinaustragen.

„Ich kann es kaum glauben", sagte Luisa nach einer Weile, als sie den vertrauten Ort hinter sich ließen. „Es fühlt sich an, als ob wir in einen neuen Abschnitt unseres Lebens aufbrechen." Karl nickte. „Es ist schwer zu sagen, was uns erwartet. Aber es gibt eine Sache, die ich weiß: Wir haben die Chance, neu zu beginnen."

Die Straße vor ihnen war leer, nur die vereinzelten Häuser, der Umgebung und der weite Himmel. Sie wussten nicht genau, wohin ihre Reise sie führen würde. Es gab keine festen Ziele, keinen konkreten Plan – nur das Vertrauen, dass sie zusammen alles schaffen konnten.

In den ersten Tagen ihrer Reise, blieben sie auf den alten Landstraßen, die sie aus Wipperfürth führten. Die Landschaft des Oberbergischen Landes breitete sich vor ihnen aus – weite Hügel, dichte Wälder und weite Felder. Hier und da trafen sie andere Wanderer, die ihre eigenen Geschichten mitbrachten, aber keiner von ihnen konnte ihnen sagen, was die Zukunft für sie bereithielt. Der Weg war ruhig und meist menschenleer, doch auch hier spürten sie Narben des Krieges. Die Felder waren nicht mehr so fruchtbar wie früher, viele Häuser standen leer, die Bewohner waren fortgezogen oder gestorben.

In der ersten Nacht, die sie auf einem Bauernhof in der Nähe von Marienheide verbrachten, saßen sie zusammen am Feuer. Es war ein Moment der Ruhe, der sie über das, was noch kommen würde, nachdenken ließ.

„Glaubst du wir werden irgendwann ein richtiges Zuhause finden?" fragte Luisa, während sie in die Flammen starrte. „irgendwo, an einem Ort an dem wir auch bleiben können, ohne das Gefühl zu haben, immer weiter zu ziehen?"

„Ich weiß es nicht", antwortete Karl und sah ebenfalls in die Flammen. „Aber vielleicht ist das genau das, was wir jetzt brauchen, einen Ort, den wir uns selbst wieder aufbauen können, so wie wir es damals in Gummersbach versucht haben. Aber leider war die Herausforderung dort zu groß, und uns fehlt das Geld dafür, um dieses Haus was wir uns vorgestellt haben, in Gummersbach fertig zu stellen. Aber es muss ja auch nicht gleich so ein großes Zuhause sein. Einfach nur was Kleines, wo wir Frieden finden können, wo wir wieder Wurzeln schlagen können."

Sie saßen eine Weile schweigend da. Die Gedanken waren schwer, aber in der Stille des Abends gab es auch Trost. Der Krieg war weit weg, aber er hatte sie verändert – er hatte ihre Sicht auf die Welt und auf sich selbst verändert. Sie waren nicht mehr dieselben wie zuvor, aber vielleicht gab es einen neuen Weg für sie. Und dieser Weg führte sie in eine Zukunft, die noch nicht geschrieben war.

Kapitel 25 Die Rückkehr nach Köln

Es war ein kalter Morgen, als Karl und Luisa nach der Nacht in Marienheide den Entschluss fasten, zurück nach Köln zu gehen. Der Alltag im Ober-Bergischen, umgeben von stillen Hügeln, war hart gewesen. Sie hatten in den Ruinen von Wipperfürth viele Dinge gesehen, die den Krieg und dessen Schrecken in den Menschen hinterlassen hatten. Doch in Köln, obwohl die Stadt auch von Zerstörung gezeichnet war, hatten sie damals schon einen Neuanfang gewagt. Es war nie der Ort gewesen, an dem sie sich endgültig zu Hause gefühlt hatten, doch er hatte ihnen damals Halt gegeben.

„Es fühlt sich seltsam an, wieder an Köln zu denken", sagte Luisa, als sie durch die Straßen von Marienheide gingen, um den letzten Zug am Morgen zu erreichen, der sie nach Köln bringen sollte. „Es ist, als hätten wir einen Teil von selbst hier zurückgelassen."

„Vielleicht ist es der Ort, an dem wir wirklich neu anfangen müssen", antwortete Karl nachdenklich. „Köln ist groß, die Stadt verändert sich. Und wir müssen auch ein Teil dieser Veränderung sein, um weiterzukommen."

Die Reise zurück nach Köln war eine Reise der Reflexion. In Wipperfürth hatten sie viel über das Überleben gelernt, aber auch über das Zurücklassen von Erinnerungen, die sie nicht mehr tragen konnten. Der Krieg hatte ihnen so viele Teile ihres Lebens genommen – ihre Eltern, ihre Kindheit und das Zuhause in Gummersbach. Doch in Köln, auch wenn es dort eine ständige Erinnerung an das vergangene Leid gab, lag vielleicht noch etwas, das sie nicht ganz verloren hatten: der Wunsch nach einem Neuanfang.

Als sie die Grenzen von Köln erreichten, war es ein vertrauter Anblick der Stadt, der sie empfing. Es war immer noch eine Stadt im Wiederaufbau, noch von Trümmern gesäumt, aber auch von Hoffnung. Der Wiederaufbau hatte viele der einst zerstörten Viertel verändert, und auch die Menschen die hier lebten, waren noch vom Krieg gezeichnet, aber immer noch bereit ein neues Leben zu führen.

„Wir sind zurück", sagte Karl leise, als sie sich dem Viertel näherten, in dem sie damals in einer kleinen Wohnung gewohnt hatten. „Es fühlt sich an, als wäre die Zeit hier langsamer vergangen."
„Aber hier haben wir begonnen, unser Leben wieder aufzubauen", antwortete Luisa. „Vielleicht ist das der Ort, an dem wir uns endlich mit der Vergangenheit versöhnen können."

Als sie vor dem Haus standen, in dem sie in der Nachkriegszeit gewohnt haben, war es nicht der Anblick des Gebäudes, der ihnen den Atem raubte. Es war vielmehr das Gefühl, hier wieder zu stehen. Das Haus war inzwischen von vielen anderen Gebäuden umgeben, und die Straßen hatten sich verändert, doch die Struktur war immer noch die gleiche.

„Es ist seltsam", sagte Luisa, als sie das Tor öffnete und das Grundstück betraten. „Es fühlt sich an, als hätten wir nie wirklich hier gewohnt, als hätten wir das Gefühl für diese Wohnung und für Köln einfach verloren."
„Es war nie ganz unser Zuhause", sagte Karl, seine Stimme war nachdenklich. „Aber es hat uns damals eine zweite Chance gegeben. Und vielleicht kann es uns auch jetzt wieder eine Chance geben."

Auf halben Weg kam ihnen der Vermieter entgegen, er lächelte freundlich und sagte,

„ihr seid zurückgekommen, das freut mich sehr. Ich habe die Hoffnung nie aufgegeben das ihr wieder kommt.

Einen so fleißigen Handwerker wie dich Karl, und eine so liebevolle Krankenschwester wie Luisa, sieht man wirklich selten. Ihr seid herzlich Willkommen in meinem Haus. Ihr könnt sehr gerne wieder in eure alte Wohnung zurück, und wenn ihr möchtet könnt ihr die Wohnung nebenan gleich mitbeziehen, dann habt ihr mehr Platz für euch beide." Karl lächelte, und sagte, „das ist wirklich sehr nett von ihnen, und das Angebot nehmen wir natürlich gerne an".

Der Vermieter übergab Karl den Wohnungsschlüssel und drückte ihm fest die Hand. Ein neuer Mietvertrag wurde damit geschlossen.

Sie betraten das Haus. Wie erwartet, war es immer noch bewohnbar, aber viele der angrenzenden Wohnungen waren leer. Als sie die Türe zu ihrer alten Wohnung aufgeschlossen hatten, sahen sie, dass der Staub sich auf den Möbeln abgesetzt hatte, der Blick in den garten zeigte, er war verwildert, das Gemüsebeet, das sie damals angelegt hatten, war von Unkraut überwuchert.

„Es ist so still hier", sagte Luisa, als sie durch das Wohnzimmer ging. „Es ist fast so, als würde das Haus auf uns warten, um es wieder mit Leben zu füllen."
„Vielleicht ist es der Zeitpunkt, an dem wir wirklich loslassen müssen", sagte Karl. „wir haben uns hier ein Leben aufgebaut, doch jetzt müssen wir sehen, wie wir mit dem leben können, was wir noch haben. Die Wohnung ist nur ein Ort. Der wahre Neuanfang muss in uns selbst beginnen."

Die Rückkehr nach Köln war nicht nur eine Rückkehr an einen geografischen Ort, sondern eine Rückkehr zu einer Zeit, in der sie an den Neuanfang geglaubt hatten. Aber mit dieser Rückkehr kamen auch neue Entscheidungen.

Eines Abends saßen Karl und Luisa zusammen, während die Dämmerung langsam über die Stadt zog.

Es war der Moment, in dem sie begannen, sich ernsthaft mit ihrer Zukunft auseinanderzusetzen.
„Was machen wir jetzt?" fragte Luisa. „Bleiben wir hier, oder gehen wir weiter?"

Karl starrte aus dem Fenster auf die sich entwickelnde Stadt.
„Ich denke, wir sollten nicht einfach an diesem Ort festhalten, weil er uns Sicherheit gibt. Wir sollten den Mut haben, uns weiter zu entwickeln, auch wenn das bedeutet, neue Orte zu suchen oder uns mit der Vergangenheit abzufinden."

„Also, du meinst, wir könnten wieder weggehen?" fragte Luisa vorsichtig.
„Vielleicht", sagte Karl nach einer langen Pause. „Aber vielleicht ist es nicht der Ort, der uns definiert. Vielleicht sind wir es, die uns endlich frei machen müssen. Wir können die Wohnung behalten, aber wir sollten auch einen Blick auf die Zukunft werfen. Wir sind noch jung, und die Welt wartet auf uns."

Es war eine Entscheidung, die sie gemeinsam trafen. Die Rückkehr nach Köln hatte ihnen geholfen, wieder Kontakt zu ihrer Vergangenheit aufzunehmen, aber nun lag der Blick in die Zukunft.

Kapitel 26 Der Neuanfang in Köln

Es vergingen Wochen, seit Karl und Luisa in Köln zurück waren, die Wohnung in der sie wohnten, nahm mehr und mehr Form an, doch der Prozess war nicht nur die Wiederherstellung der Wände und Möbel gewidmet. Es war auch ein innerer Prozess des Ankommens, des Suchens und Friedens.

Die Stadt hatte sich verändert, und auch sie hatten sich verändert. Das, was einst ein sicherer Ort gewesen war, fühlte sich nun an wie eine Erinnerung an eine andere Zeit, eine Zeit, in der die Welt noch intakt schien und nicht von dem Schatten des Krieges überlagert wurde. Doch in Köln lag auch ein gewisser Trost. Es war der Ort, an dem sie erneut begonnen hatten, als Familie zu zweit zu leben, und vielleicht war es auch der Ort, an dem sie jetzt ihre eigene Geschichte weiterschreiben konnten.

Karl und Luisa hatten beide in den letzten Jahren viel über sich selbst gelernt, aber auch über den Schmerz des Verlustes und das, was es bedeutet, von einem Ort, den man für immer kannte, für immer getrennt zu werden. Es war ein langsamer Heilungsprozess, der in den letzten Monaten besonders spürbar wurde.

Eines Nachmittags, als Karl nach der Arbeit nach Hause kam, sah er Luisa im Garten arbeiten. Sie war dabei, das alte Gemüsebeet zu säubern und neue Pflanzen zu setzen. Es war eine der Aufgaben, die sie nie aus den Augen verloren hatte. Die Idee etwas wachsen zu sehen, etwas Neues zu pflanzen, war für sie immer ein Symbol für den Neuanfang gewesen.

„Die Wohnung sieht schon besser aus", sagte Karl als er sich zu ihr setzte. „Und der Garten – der wird auch wieder schön."

Luisa nickte, den Blick auf den Boden gerichtet. „Es ist komisch", sagte sie nach einer Weile. „Es fühlt sich an, als ob hier noch immer unser zu Hause ist, und irgendwie doch nicht. So vieles hat sich verändert. Ich habe das Gefühl, das wir immer noch nach etwas suchen, nach etwas, das uns wieder ganz macht."

Karl sah sie ernst an. „Wir können die Vergangenheit nicht ändern. Aber wir können entscheiden, wie wir mit ihr umgehen. Wir können den Weg nach vorne suchen und immer noch die Erinnerung an das bewahren, was wir verloren haben. Vielleicht ist das der einzige Weg wirklich weiterzukommen."

„Vielleicht", flüsterte Luisa. „Aber manchmal ist es schwer loszulassen."

„Es wird nicht leicht sein", sagte Karl, „aber wir müssen es. Für uns und für die Zukunft. Wir sind noch hier, und das bedeutet, das wir noch etwas bewirken können. Es gibt immer einen Weg der uns vorwärts bringt. Papa wäre stolz auf uns."

Die Arbeit im Haus und im Garten war eine regelmäßige und wichtige Ablenkung von den schweren Gedanken, die sie oft heimsuchten. Doch auch in Köln gab es Momente, in denen sich die Erinnerungen an den Krieg nicht verdrängen ließen. Die Luft war immer noch von einer spürbaren Schwere durchzogen, und die Stadt hatte zwar angefangen, sich zu erholen, aber es war noch lange kein Ort des vollständigen Friedens.

Karl und Luisa waren nicht die Einzigen, die sich versuchten, in Köln wieder ein Leben aufzubauen. Viele andere Menschen, die den Krieg überlebt hatten, standen vor den gleichen Herausforderungen. Die Straßen waren voll von Geschichten von Verlust und Überlebenswillen, und immer wieder begegneten sie Menschen, die wie sie versuchten, das zerrissene Gewebe ihrer Welt zu reparieren.

Eines Tages, als Karl nach der Arbeit durch die Straßen schlenderte, stieß er auf eine alte Bekannte. Es war Frau Richter, die ältere Dame, die sie vor damals kennen gelernt hatten, als sie in einem Notquartier lebten. Sie hatte immer schon ein großes Herz für die Überlebenden, und als Karl sie jetzt auf der Straße sah, zögerte er keinen Moment, um sie anzusprechen.

„Frau Richter", sagte er mir einem Lächeln. „Es ist lange her. Wie geht es ihnen?"
„Oh, Karl", antwortete sie mit einer schmerzlichen Miene. „Es tut gut, dich zu sehen. Es war so schwer, aber wir müssen weiter machen, nicht wahr?"

„Ja, das müssen wir", sagte Karl, der wusste, dass sie genauso viele Narben trug wie er. „Und wie geht es ihnen?"
„Es gibt Tage, da scheint alles unerträglich. Aber ich versuche, nicht aufzugeben. Wir müssen uns gegenseitig helfen. Denn die Stadt ist noch lange nicht wieder ganz", erklärte sie.

„Da stimme ich ihnen zu", sagte Karl. „Die ganze Welt muss sich wiederfinden. Aber wir sind noch hier. Und das zählt."
Frau Richter nickte. „Genau. Und du, wie geht es dir und Luisa?"
Karl seufzte. „Wir machen Fortschritte. Aber es gibt Tage, da fühlt es sich an, als ob wir immer noch auf der Suche sind. Vielleicht nach einem Zuhause, nach dem, was uns wirklich Frieden bringt."

„Es wird kommen", sagte sie ruhig. „Es ist nicht einfach, aber es kommt. Du wirst sehen. In jeder Ecke dieser Stadt gibt es Menschen wie uns, die einen Weg finden, sich selbst wieder aufzubauen."

Die Begegnung mit Frau Richter war ein Moment der Besinnung für Karl. Er wusste, dass sie recht hatte. Der Weg nach vorne war noch lang, und viele Menschen würden immer noch mit den Nachwirkungen des Krieges kämpfen. Aber er und Luisa waren nicht alleine in ihrem Kampf. In Köln war eine ganze Gemeinschaft von Überlebenden, die sich gegenseitig stützten.

In den Wochen, die folgten, trafen Karl und Luisa immer wieder auf Menschen, die auf ihre eigene Weise den Krieg und seine Schrecken überlebt hatten. Sie hörten weitere Geschichten von Menschen, die in den Konzentrationslagern gewesen waren, von Soldaten, die an der Front gekämpft hatten, und von Zivilisten, die alles verloren hatte, nur um heute wieder Hoffnung zu schöpfen.

Diese Geschichten, so schmerzhaft sie auch waren, gaben ihnen Kraft. Sie verstanden nun noch besser, dass der Krieg nicht nur ihr eigenes Leben verändert hatte, sondern dass aller Menschen, und dass der Weg zur Heilung nur gemeinsam gegangen werden konnte.

Eines Abends saßen Karl und Luisa wieder im Garten. Der Himmel war klar, und die Luft war frisch von einem plötzlichen Sommerregen. Es war der perfekte Moment für einen weiteren Schritt nach vorn.

„Weißt du, was ich manchmal denke?", fragte Luisa, während sie auf die untergehende Sonne blickte.
„Was?"
„Dass wir, egal wie viel wir verlieren, immer wieder anfangen können. Vielleicht nicht alles wie vorher, aber wenn wir an uns glauben und an die Menschen um uns herum, dann können wir noch viel erreichen."

Karl nickte nachdenklich. „Ja, du hast recht. Der Krieg hat uns viel genommen. Aber er hat uns nicht alles genommen. Wir haben noch uns. Und das ist der Anfang."

Kapitel 27 Die Suche nach den Eltern

Es war ein regnerischer Vormittag, als Karl und Luisa sich entschieden, einen Schritt zu wagen, den sie lange aufgeschoben hatten. Sie hatten in Köln ein neues Leben begonnen, und die Last der Vergangenheit lastete immer noch schwer auf ihrem Herzen. Doch in letzter Zeit, als die Tage länger wurden und die Sonne durch die Wolken brach, spürten sie den Drang, nach Antworten zu suchen.

„Was wenn sie noch leben?", fragte Luisa eines Abends, als sie zusammen im Garten saßen und in die Dunkelheit starrten. „Was wenn sie uns finden könnten?"
Karl war lange still gewesen. Die Vorstellung, dass ihre Eltern irgendwo da draußen lebten, ohne dass sie etwas davon wussten, hatte ihn nie ganz losgelassen. Sie hatten so viele Jahre darauf gewartet, ein Zeichen von ihnen zu bekommen, aber nichts war gekommen. Nichts, was Hoffnung machte. Doch jetzt mit dem Gedanken, dass vielleicht noch eine Chance bestand, fühlte es sich plötzlich anders an.

„Es wäre ein Wunder", sagte er schließlich. „Aber vielleicht ist es das, was wir brauchen – ein Wunder, um wirklich weiterzukommen."
„Dann lass es uns wenigstens versuchen", sagte Luisa. „Wir müssen wissen, was mit ihnen passiert ist. Auch wenn es weh tut, auch wenn wir Angst haben, die Antwort zu hören."

Die Entscheidung war gefallen. Sie würden in das zuständige Amt gehen, die einzige Anlaufstelle, bei der sie Antworten bekommen konnten.

Sie mussten wissen, was aus ihren Eltern geworden war. Es war ein schwieriger Schritt, aber ein notwendiger.

Am nächsten Morgen machten sich die beiden auf den Weg zum Amt für vermisste Personen, das in einem großen Gebäude im Zentrum von Köln untergebracht war. Der Weg dorthin war ruhig, der Regen hatte nachgelassen und die Straßen glänzten im schwachen Licht. Doch in ihren Herzen war es stürmisch, und beide spürten eine Mischung aus Nervosität und Hoffnung.

Das Gebäude war nüchtern, die Wände grau und die Atmosphäre schwer. Als sie eintraten, wurden sie von einer beunruhigenden Stille begrüßt. Ein Schalter, an dem mehrere Menschen warteten, und eine Frau hinter einem Schreibtisch, die sie aufforderte, Platz zu nehmen.

„Wie kann ich ihnen helfen?", fragte die Frau in einem neutralen Ton, der Karl und Luisa irgendwie unheimlich vorkam.
„Wir... wir suchen nach unseren Eltern", sagte Karl mit zitternder Stimme. „Sie wurden vor Jahren aus Gummersbach verschleppt. Wir haben nie wieder von ihnen gehört."

Die Frau schaute sie mit einem Blick an, der sowohl routiniert als auch mit einem Hauch von Mitgefühl versehen war. Sie griff nach einem Stapel Papiere und blätterte durch. „Vor einigen Jahren sagen Sie? Was für eine Art von Dokumenten haben Sie, die uns weiterhelfen könnten?"

„Wir haben nichts", antwortete Luisa. „Nur das Wissen, dass sie fortgebracht wurden. Wir wissen nicht, was mit ihnen geschehen ist."
„Dann wird es schwierig", sagte die Frau und schaute sie nun fast mitleidig an.

„Es gibt viele Fälle von verschleppten Menschen. Aber wir können nach ihren Eltern in unseren Akten suchen. Ich werde ihren Fall auf die Liste setzen und sehen, was wir finden können." Nachdem Karl der Frau die Namen und den früheren Wohnort in Gummersbach mitgeteilt hatte, setzten sich die beiden Geschwister. Und während die Frau in den Akten suchte, konnten sie sich nicht helfen, an das Unvorstellbare zu denken – was, wenn sie nie wieder die Gelegenheit bekämen, ihre Familie zu finden und sich zu versöhnen?

Die Minuten vergingen wie Stunden, und die Stille im Raum war erdrückend. Doch dann, nach einer langen Pause, blickte die Frau von den Papieren auf. „Es tut mit leid, aber die Informationen, die sie suchen, sind nicht sofort verfügbar. Es gibt einige Hinweise in unseren Aufzeichnungen. Wir können ihnen jedoch nichts Versprechendes sagen."

Karl und Luisa starrten sie an, das Herz klopfte in ihren Ohren. „Was bedeutet das genau?", fragte Karl, seine Stimme war nun fest, aber auch voller Schmerz. „Können sie nicht einfach mehr nachforschen?"

„Es tut mir leid", sagte die Frau, „aber wir müssen auch die offiziellen Stellen abwarten. Es ist ein langwieriger Prozess. Wir werden sie benachrichtigen, wenn es neue Informationen gibt."

Der Weg zurück zu ihrem Haus in Köln war lang und still. Karl und Luisa hatten sich kaum etwas zu sagen. Die Nachricht, dass es Hinweise auf ihre Eltern gab, aber keine konkreten Antworten, ließ sie in einem Zustand der Ungewissheit zurück. Es war ein ständiges Zerren zwischen Hoffnung und Angst.

„Sie könnten noch leben, Karl", sagte Luisa, als sie die Wohnung betraten. Es gibt immer noch Hoffnung".

„Ja", antwortete Karl, „aber was, wenn sie es nicht tun. Was, wenn wir nie wieder etwas von ihnen erfahren?"

„Dann haben wir immer noch uns", sagte Luisa und sah ihren Bruder mit festem Blick an. „Und wir haben das Leben, auch wenn es schwer ist, müssen wir lernen, mit dem Schmerz zu leben und das Beste daraus zu machen."

Kapitel 28 Das Warten und die neuen Ängste

Die Wochen vergingen, und das Warten auf Nachrichten vom Amt zog sich weiter. Karl und Luisa versuchten, in ihren Alltag weiterzumachen, aber die Unsicherheit nagte an ihnen. Sie konnten sich nicht richtig auf die Dinge konzentrieren, wenn in ihren Herzen die Frage brannte, ob ihre Eltern noch am leben waren, und wenn ja, wo sie sich jetzt befanden.

Das Amt hatte ihnen versprochen, sie zu benachrichtigen, wenn es neue Informationen gab. Doch es vergingen Tage, Wochen und Monate ohne ein weiteres Lebenszeichen. Manchmal wachte Karl mitten in der Nacht auf und fragte sich, ob sie überhaupt noch eine Chance hatten, ihre Eltern wiederzufinden. Aber dann erinnerte er sich an Luisa, an ihre Stärke, und an das, was sie zusammen durchgestanden hatten. Vielleicht war das die Antwort: den richtigen Glauben nicht zu verlieren und weiterzumachen, selbst wenn der Schmerz allgegenwärtig war.

Eines Abends, als Karl wieder im Garten an einem kleinen Projekt arbeitete, setzte sich Luisa zu ihm. „Weißt du, was ich manchmal denke?", sagte sie ruhig. „Was denn?"

„Ich denke, dass wir sie vielleicht nie wiederfinden werden. Aber vielleicht ist das auch okay. Vielleicht müssen wir lernen, mit der Ungewissheit zu leben. Die Antwort auf unsere Fragen liegt nicht in der Vergangenheit, sondern in dem, was wir jetzt tun, um unser Leben zu gestalten."

Karl sah sie an. Ihre Worte trafen ihn tief, und er wusste, dass sie recht hatte. Sie konnten die Vergangenheit nicht ändern, aber sie hatten die Macht, ihre Zukunft zu formen.

„Ja, ich glaube du hast recht, Luisa", sagte er leise. „Aber das bedeutet nicht, dass wir aufgeben müssen. Wir müssen immer weiter machen. Denn das Leben geht weiter, mit oder ohne Antworten."

Karl und Luisa versuchten, so gut es ging fortzusetzen, doch die Ungewissheit über das Schicksal ihrer Eltern ließ sie nicht los. Die Wochen verstrichen, und die Nachrichten, die sie vom Amt erhielten, blieben weiterhin aus. Dennoch hielten sie an der Hoffnung fest, dass sie eines Tages endlich mehr erfahren würden, was mit ihren Eltern geschehen war. Doch in den stillen Momenten, wenn der Alltag ruhiger wurde, waren die Fragen immer wieder da – was, wenn sie niemals Antwort bekamen?

Karl konnte nicht schlafen. Die Vorstellung, dass ihre Eltern irgendwo in einem fernen Land oder in einem Lager verloren waren, war wie ein ständiger Schatten. Die Gedanken an das, was sie durchgemacht haben mussten, wenn sie noch lebten, quälte ihn. Das Unvorstellbare konnte nicht mehr nur die leise Sorge eines Jungen aus Gummersbach sein – es war zu einem Albtraum geworden. Was war aus ihren Eltern geworden? Waren sie ermordet worden, wie so viele andere? Oder hatten sie überlebt, irgendwo im Osten, in einem fernen Land, in dem er sie nie finden würde?

Es war immer der gleiche Gedanke, der sich in ihm festsetzte, wie konnte es sein, dass niemand etwas wusste? War es möglich, dass die Spur so dünn war?
„Ich denke, wir sollten das Amt noch einmal besuchen", schlug Luisa eines Abends vor als sie mit Karl zusammen am Esstisch saß. Sie spürte die gleiche Unruhe wie er, spürte das Ziehen in ihrem Herzen.

„Du hast recht", sagte Karl. „Kann ja sein das sie inzwischen mehr herausgefunden haben. Wir können nicht einfach aufhören zu suchen."

Sie wussten, dass sie keine Garantie hatten, eine Antwort zu bekommen. Doch die Vorstellung, die Hoffnung aufzugeben, war schlimmer als der Schmerz, immer weiter zu suchen. Es gab nichts anderes, woran sie sich noch festhalten konnten.

Also standen sie am nächsten Morgen wieder am Schalter des Amtes. Dieses Mal war der Raum noch stiller, fast düster, als sie eintraten. Die Frau hinter dem Schreibtisch sah sie mit einem Blick an, der weder warm noch kalt war. Es war ein Blick, der viel zu oft auf den Träumen der Überlebenden ruhte – ein Blick, der verstand, aber nicht half.

„Wieder da?" fragte sie, als sie sich den beiden zuwandte. „Ja", antwortete Karl. „wir brauchen mehr Informationen. Irgendwas, das uns hilft, unsere Eltern zu finden. Es kann nicht sein, dass es keine Aufzeichnungen gibt. Sie wurden verschleppt. Sie müssen irgendwo sein."

Die Frau seufzte, legte eine Hand auf die Akten und schaute dann auf. „Ich verstehe. Aber die Suche nach Verschleppten ist ein langwieriger Prozess. Wir haben Zugang zu den nationalen Akten und müssen uns an die zuständigen Stellen wenden, um Informationen zu erhalten. Aber die Last der Aufzeichnungen ist enorm."

„Aber sie haben doch Zugang zu den Unterlagen", fragte Luisa mit einem gewissen Nachdruck. „Es muss doch wenigstens irgendetwas geben, das uns weiterbringt. Wir können nicht einfach nur warten, ohne zu wissen, was mit ihnen passiert ist."

Die Frau wirkte kurz unsicher, dann öffnete sie die Akten vor sich. „Wir können ihr Anliegen noch einmal prioritär einstufen. Aber das kann Wochen oder sogar Jahre dauern. Vielleicht sogar noch länger. Es gibt keine schnelle Lösung, und viele Menschen suchen nach ihren Angehörigen. Aber wir werden alles tun, was wir können."

Es war eine leise Hoffnung, die sich in Karl und Luisas Herzen regte – doch sie wussten, dass dies keine Gewissheit war. Es gab keine Garantie, dass sie je herausfinden würden, was mit ihren Eltern geschehen war.

Der Sommer neigte sich dem Ende zu, und das tägliche Leben in Köln verlief in gewohnten Bahnen. Doch für Karl und Luisa war nichts mehr wie vorher. Das Warten auf Antworten zerrte an ihnen. Sie versuchten, sich nicht unterkriegen zu lassen, aber jede Woche, in der sie keine Neuigkeiten erhielten, schien die Last der Ungewissheit schwerer zu werden.

Eines Abends, als sie wieder im Garten saßen, den Blick auf den Himmel gerichtet, sagte Luisa leise: „Karl, was, wenn wir nie herausfinden, was passiert ist?"
„Dann müssen wir es akzeptieren", sagte Karl, auch wenn er selbst nicht wusste, ob er diese Worte wirklich glaubte. „Ich glaube das es der einzige Weg ist, weiterzumachen. Aber solange wir leben, gibt es immer Hoffnung."

Luisa nickte, aber es war ein trauriges Nicken. „Aber was, wenn wir uns von dieser Hoffnung nie wirklich befreien können? Was, wenn es uns für immer quält?" „Das ist dann halt der Preis, den wir zahlen müssen", sagte Karl und nahm ihre Hand. „Aber wir werden es zusammmen schaffen. Aber wenn wir alles andere verlieren, haben wir noch uns. Und das ist mehr wert als jede Antwort."

Die Dunkelheit des Abends senkte sich über den Garten. Die Stille war tief und doch nicht erdrückend. Es war eine der seltenen Nächte, in denen Karl und Luisa gemeinsam in der Ruhe des Moments saßen, ohne Worte, aber mit einer unsichtbaren Verbindung, die die beiden immer wieder zueinander führte.

Kapitel 29 Eine neue Spur

Die Tage vergingen weiter, und die Momente zogen sich. Doch eines Morgens erhielten die beiden plötzlich Post – ein Brief vom Amt für vermisste Personen. Sie öffneten den Brief mit zitternden Händen. Die Worte, die sie darin fanden, waren knapp, aber klar. Es gab eine neue Spur. Das Amt hatte Hinweise auf ihre Eltern gefunden.

„Ihre Eltern wurden nach Polen deportiert", stand in dem Brief. „Es gibt Berichte, die darauf hinweisen, dass sie in einem Arbeitslager im Osten waren. Weitere Informationen befinden sich noch in den Akten."
Karl und Luisa standen wie versteinert da, als sie diese Nachricht lasen. Ein Arbeitslager im Osten – war es möglich, dass ihre Eltern dort überlebt hatten? Sie hatten nie von diesem Lager gehört, aber die Nachricht war wie ein kleiner Funken Hoffnung, der in ihren Herzen aufflammte. Es war ein harter Schock, aber gleichzeitig öffnete sich ein neues Tor – ein neues Kapitel in ihrer Suche.

„Wir müssen dorthin", sagte Karl. „Wir müssen alles tun, um herauszufinden, ob sie noch leben."
„Aber wie?" fragte Luisa. „Wie sollen wir das schaffen?"
„Wir werden alles tun", sagte Karl, und in seiner Stimme lag eine Entschlossenheit, die er selbst lange nicht mehr gespürt hatte. „Es gibt immer einen Weg. Und wir werden ihn finden."

Der Brief hatte eine neue Welle der Hoffnung in den beiden ausgelöst, aber gleichzeitig brachten die Informationen auch eine neue Herausforderung mit sich.

Die Reise in den Osten war gefährlich und ungewiss. Doch die Geschwister wussten, dass sie diesen Schritt gehen mussten. Es gab nichts, was sie zurückhalten konnte – die Suche nach ihren Eltern war ihre letzte Chance, ihre Geschichte wieder zu vervollständigen.

„Wir können es schaffen, Luisa", sagte Karl eines Abends, als sie die Reise planten. „Wir müssen nur zusammenhalten und an uns glauben."
„Ja", sagte Luisa leise. „Wir schaffen das. Für sie. Für uns."

Die Reise in den Osten, in das Unbekannte, war der nächste große Schritt auf ihrem langen und schwierigen Weg. Was sie dort finden würden, wusste niemand. Aber sie hatten etwas, das sie nicht mehr loslassen konnten – die Hoffnung auf ihre Familie, die vielleicht doch noch am Leben war.

Die Entscheidung war gefallen. Karl und Luisa hatten sich nach langen Gesprächen und schlaflosen Nächten entschlossen, den weiten und gefährlichen Weg in den Osten auf sich zu nehmen. Sie hatten keine Vorstellung davon, was sie erwarten würde, aber sie wussten, dass sie keine Wahl hatten. Die Hoffnung, ihre Eltern zu finden, war ein starkes Band, das sie nun zu einer gemeinsamen Reise zwang. Die Erinnerung an ihre Eltern, an das Leben, das sie zusammengeführt hatten, gab ihnen die nötige Kraft, diese Reise zu wagen.

Es war ein kühler Morgen, als sie ihre wenigen Habseligkeiten packten und sich auf den Weg machten. Die Straßen von Köln waren noch ruhig, und der Verkehr war spärlich. Karl und Luisa trugen wenig – nur das nötigste. Einige Kleidungsstücke, ein paar Lebensmittel und ein paar Erinnerungsstücke die Trost spenden sollten, falls sie in der Fremde auf sich gestellt waren.

„Bist du sicher, dass das der richtige Weg ist?" fragte Luisa, als sie auf den Bahnsteig des Kölner Bahnhofs gingen. Ihre Stimme war ruhig, aber in ihren Augen lag eine Mischung aus Unsicherheit und Mut. „Es ist der einzige Weg", antwortete Karl fest, doch auch er wusste nicht genau, was sie erwarten würde. „Wenn es einen Ort gibt, an dem wir vielleicht etwas herausfinden können, dann ist es dort, wo man sie hingebracht hat. Im Osten. Wir können nicht mehr zurück. Nur vorwärts."

Der Zug, der sie auf ihre Reise in den Osten bringen würde, war alt und klapprig. Die Waggons rochen nach Eisen und Staub, und der Zug rollte langsam durch das schmale Gleis. Die Menschen, die mit ihnen reisten, blickten müde und erschöpft aus dem Fenster. Der Krieg hatte tiefe Spuren hinterlassen, und es war offensichtlich, dass die Reise viele von ihnen genauso geprägt hatte wie die Geschwister selbst.

„Hast du das Gefühl, das wir etwas Wichtiges erreichen?", fragte Luisa, als sie sich auf ihren kleinen Sitz setzte und den Blick aus dem Fenster verlor. Der Himmel war grau, die Landschaft zog an ihnen vorbei – unauffällig, karg, oft von Ruinen und verwüsteten Dörfern geprägt.

„Ich weiß es nicht", sagte Karl nach einer langen Pause. „Aber ich fühle, dass wir diesen Schritt gehen müssen. Und dass wir nie aufgeben dürfen."
Die Reise war lang und beschwerlich. Der Zug hielt an vielen kleinen, abgelegenen Bahnhöfen, die sichtlich von den Kriegsjahren gezeichnet waren. Die Menschen die dort einst lebten, waren entweder fort oder in andere Gegenden geflüchtet. In den Dörfern, die sie durchquerten, war es still – keine lauten Märkte, keine geschäftigen Straßen. Der Krieg hatte die Welt verändert, und der Osten war das schwerste Stück der Veränderung.

Die beiden Geschwister sprachen wenig während der Fahrt. Ihre Gedanken waren bei den Eltern, bei all dem, was sie durchgemacht hatten, und bei der Vorstellung, was sie in dieser fremden, kriegsgebeutelten Welt finden könnten.

Nach einer langen und zermürbenden Reise erreichten Karl und Luisa schließlich das Gebiet, in dem sie hofften, Hinweise auf das Schicksal ihrer Eltern zu finden. Der Ort war weit entfernt von den vertrauten Straßen Kölner Umgebung. Der Himmel war jetzt klar, doch die Landschaft, die sich vor ihnen ausbreitete, war karg und von den Nachwirkungen des Krieges gezeichnet.

„Das hier ist der Osten", sagte Karl, als sie aus dem Zug stiegen. „Wir müssen vorsichtig sein, aber wir dürfen nicht zurückschrecken."
Der Weg war steinig, und als sie sich von dem kleinen Bahnhof entfernten, merkten sie schnell, wie wenig sie auf diese Reise wirklich vorbereitet waren. Die Orte, an denen ihre Eltern sein könnten, waren noch immer weit entfernt, und jedes Dorf, jede Stadt, die sie passierten, schien von der Zeit des Krieges gezeichnet.

Es war schwer zu sagen, ob es noch Überlebende gab, die ihnen von ihren Eltern berichten könnten. Doch sie hatten einen festen Plan. Zuerst wollten sie ein kleines Büro der Verwaltung aufsuchen, das für die Verschleppten und Zwangsarbeiter zuständig war. Von dort erhofften sie sich die ersten Hinweise.

„Glaubst du, sie wissen noch etwas über das Lager?", fragte Luisa, als sie durch die schmalen, staubigen Gassen der Stadt gingen.
„Wenn wir Glück haben, ja", antwortete Karl.

„Wenn sie Akten haben, dann werden sie uns vielleicht auch sagen können, was mit den Menschen dort passiert ist."
Doch als sie das Gebäude erreichten, merkten sie schnell, dass die Sache nicht so einfach war, wie sie es sich erhofft haben. Die Türen des Büros standen offen, doch der Raum, den sie betraten, war spärlich und kaum erleuchtet. Ein älterer Mann hinter einem Schreibtisch schaute sie an, als sie eintraten.

„Was wollen sie?", fragte der Mann in einem harten, rauen Ton.
„Wir suchen nach Informationen zu unseren Eltern", sagte Karl, der sich bemühte, ruhig zu bleiben. „Sie wurden nach Polen verschleppt, und wir glauben, dass sie in einem Arbeitslager waren. Wir wollen wissen, ob es noch Aufzeichnungen gibt."

Der Mann starrte sie an, als ob er nicht sicher war, ob er helfen konnte. „Viele haben nach Informationen gefragt. Aber es ist alles unübersichtlich. Wir können nicht versprechen, dass es noch was gibt, das Sie weiterbringt."
Karl und Luisa standen wie versteinert da. Doch Karl konnte es nicht ertragen, einfach aufzugeben. „Es muss doch etwas geben! Bitte, alles was sie finden können, wird uns helfen."

Der Mann schien zu zögern. Schließlich griff er in eine Schublade und zog eine alte, vergilbte Akte hervor. „Ich brauche die Namen und den früheren Wohnort. Dann kann ich ihnen zeigen, was wir haben", sagte er. „Aber Sie müssen wissen, dass die Dokumentation dieser Zeit unvollständig ist. Viele Akten wurden während der letzten Jahre des Krieges zerstört."

Die Akte, die er ihnen zeigte, war eine Sammlung von verstreuten Namen und Zahlen. Aber inmitten der vielen Einträge fand Karl und Luisa einen Namen – der Name ihres Vaters. Josef Müller.

Es war ein kleiner Vermerk: Lagerarbeit. Gelsenkirchen. 1943.

„Gelsenkirchen?", wiederholte Luisa überrascht. „Das ist nicht Polen..."

Der Mann nickte langsam. „Nein. Aber damals wurden viele Arbeitslager von den Nazis in andere Gebiete verlagert. Das war nicht ungewöhnlich."

Karl und Luisa starrten auf den Eintrag, es war der erste konkrete Hinweis auf ihren Vater, auf den sie seit Jahren gewartet hatten. Doch die Frage blieb. Was war nach diesem Eintrag passiert? Hatten sie ihn weiter transportiert? Hatten sie ihn in ein anderes Lager geschickt? Und was war mit ihrer Mutter geschehen?

„Hier stehen nur männliche Namen drauf", bemerkte Luisa laut. „was ist mit den weiblichen Personen, unsere Mutter und den anderen Frauen die verschleppt wurden?"

Der Mann blickte zu Boden, danach sah er Luisa fest in die Augen. „Es tut mir leid, aber die meisten Frauen haben es nicht geschafft. Sie waren zu schwach für ein Arbeitslager, und sie haben die Männer bei der Arbeit nur behindert. Deswegen mussten sie entsorgt werden."

Luisa zog hörbar die Luft ein, „Bitte was? Was heißt denn entsorgt? Sind sie etwa...?" Luisas Augen füllten sich mit Tränen. Karl fasste sie am Arm, um ihr zu zeigen das sie jetzt stark sein musste, sie beide. Der Mann sah sie weiterhin an, seine harte Miene wurde etwas weicher als er weitersprach. „Ja, wie gesagt es tut mir leid. Ich denke nicht das die Frauen noch am Leben sind."

„Was können wir tun?", fragte Karl den Mann verzweifelt. „Mehr als das kann ich ihnen leider nicht sagen", antwortete er, während er die Akte wieder weglegt.

„Wenn sie weiter nachforschen wollen, müssen sie sich an andere Stellen wenden. Aber ich gebe ihnen diesen Hinweis: Es gibt ein Archiv in Berlin, das detaillierte Aufzeichnungen über die Deportierten führt."

Karl und Luisa nickten, doch die Enttäuschung und die Trauer um ihre Mutter war spürbar. Der Weg war noch lang, und es gab noch viele Fragen, die sie nicht beantwortet bekommen hatten. Doch zumindest hatten sie einen klareren Hinweis – ein kleines Licht in der Dunkelheit.

„Wir müssen nach Berlin", sagte Karl entschlossen. „Das ist unser nächster Schritt. Wenn sie uns dort mehr erzählen können, dann müssen wir alles tun, um dorthin zu kommen."

Kapitel 30 Die Reise nach Berlin

Der Zug nach Berlin war langsamer als die anderen, die sie zuvor genommen hatten. Die Gleise waren beschädigt, und der Zug musste immer wieder stoppen. Die Tage zogen sich wie zäher Nebel, und die Geschwister verbrachten stunden auf den klapprigen Bänken, nur mit ihren Gedanken und der schweren Last der Ungewissheit. Der Himmel war düster, und die Landschaft veränderte sich langsam, als sie sich dem Osten näherten.

„Hoffst du wirklich, dass wir dort etwas finden?" fragte Luisa in einem Moment der Stille. Ihr Blick war auf den vorbeiziehenden Horizont gerichtet, doch es war, als ob sie nicht wirklich sah, was vor ihr lag. „Ich muss es hoffen", sagte Karl, seine Stimme fest, doch auch er konnte nicht leugnen, dass er innerlich verzweifelte. „Es gibt nichts anderes mehr, das wir tun können. Wenn es da draußen noch eine Spur gibt, müssen wir sie finden."

Es war das zweite Mal in ihrem Leben, dass sie in eine Stadt dieser Größe reisten, und auch wenn sie nicht wussten, was sie erwartete, war Berlin ein neues Kapitel, das sie mit einer Mischung aus Angst und Entschlossenheit aufschlugen.

Die Straßen Berlins waren nach dem Krieg verwüstet. Das Ausmaß der Zerstörung war überwältigend, und der Anblick von Ruinen und Trümmern erinnerte sie an das, was sie bereits in anderen Städten gesehen hatten. Doch hier war alles noch viel dramatischer. Der Krieg hatte Berlin völlig verändert, und es gab nur noch wenige Orte, an denen man das alte Leben der Stadt erkennen konnte.

„Wo sollen wir anfangen?" fragte Luisa, als sie sich durch die Straßen Berlins bewegten. Sie hatten keine klaren Vorstellungen davon, wo das Archiv war oder wie sie Zugang zu den Informationen bekommen konnten, die sie suchten. Doch die Hoffnung trieb sie weiter.

„Wir müssen zuerst das Verwaltungsgebäude finden", sagte Karl und zeigte auf ein großes Gebäude am Ende der Straße. „Wenn die Akten irgendwo sind, dann dort. Wir müssen es einfach versuchen."
Das Verwaltungsgebäude war groß, die Fenster waren zerschlagen, und überall war Schutt. Doch als sie eintraten, wurden sie von einem alten Beamten empfangen, dessen Gesicht müde und gezeichnet war. „Was suchen sie?" fragte er in einem rauen Ton.

„Wir suchen nach Informationen über unsere Eltern. Karl und Anna Müller aus Gummersbach. Sie wurden verschleppt und wir wissen, dass mein Vater in einem Lager gearbeitet hat. Ein Arbeitslager in Gelsenkirchen. Wir hoffen das es Aufzeichnungen gibt, die uns helfen können, sie zu finden", erklärte Karl ruhig, doch in seinem Inneren brodelte die Unruhe.

Der Beamte schaute sie lange an, als ob er ihre Geschichte in Frage stellte. Doch schließlich seufzte er und führte sie zu einem Büro im hinteren Teil des Gebäudes. „Akten aus der Zeit sind spärlich", sagte er, während er eine schwere Akte auf den Tisch legte. „Viele wurden bei den letzten Angriffen zerstört. Aber vielleicht gibt es noch etwas, wenn wir Glück haben."

Karl und Luisa setzten sich, und der Mann begann, durch die vergilbten Blätter zu blättern. Das Licht indem Raum war schwach, und der Duft von Papier und Staub lag schwer in der Luft.

Dann nach einer langen Stille hielt der Beamte inne. „Hier", sagte er, und Karl spürte, wie sich sein Herz zusammenzog, als der Mann ein Blatt Papier auf den Tisch legte. „Ein Eintrag. Es gibt einen Vermerk über en Transport eines Mannes aus Gelsenkirchen. Es könnte ihr Vater sein."

Karl beugte sich vor und las die wenigen Worte, die auf dem Dokument standen. „Arbeitslager in Gelsenkirchen. Abtransport nach Osten. 1944. Unterschrift. Unbekannt."
„Unbekannt?" wiederholte Karl, und die Enttäuschung war unüberhörbar in seiner Stimme. „Das hilft uns wenig."

„Es ist mehr als wir bisher hatten", sagte der Beamte und sah sie mit müdem Blick an. „Aber es bedeutet, dass ihr Vater möglicherweise weiter transportiert wurde. Was das genau bedeutet... das können wir nur schwer sagen."
„Und was können wir jetzt tun?" fragte Luisa, und ihre Stimme klang dünn, als ob sie gerade auf der Kante zwischen Hoffnung und Resignation stand.

„Ihr nächster Schritt sollte sein, in die Archive nach Informationen über diese weiteren Tarnsporte zu suchen. Wenn ihr Vater tatsächlich weiter transportiert wurde, gibt es vielleicht noch Aufzeichnungen irgendwo anders. Möglicherweise gibt es noch Dokumente in den Zentralarchiven."

„Und wo genau sind diese Archive?", fragte Karl.
„In der Nähe von Frankfurt. Sie können dort nachfragen. Mehr kann ich ihnen leider nicht bieten."

Die Enttäuschung saß tief in den beiden, aber der Bericht aus dem Büro hatte auch eine neue Perspektive eröffnet.

Wenn ihr Vater tatsächlich in den Osten verschleppt wurde, so gab es eine Chance, dass sie ihn noch finden könnten. Es war ein weiter Weg, der vor ihnen lag, und sie wussten, dass sie alles daransetzen mussten, den Weg bis zum Ende zu gehen.

„Das bedeutet, dass wir weiterreisen müssen", sagte Karl entschlossen, während sie sich aus dem Büro des Beamten zurückzogen. „Wir fahren nach Frankfurt. Es gibt keine andere Möglichkeit."

Kapitel 31 Die Reise nach Frankfurt

Die Reise nach Frankfurt war wieder mal lang und beschwerlich. Der Weg führte sie durch weite, menschenleere Gebirgslager, und die Dörfer, die sie passierten, waren auch von den Kriegsschäden gezeichnet. Doch in ihren Herzen brannte immer noch die Hoffnung, dass die Suche nach ihrem Vater nicht vergebens war.

In Frankfurt angekommen, fanden sie das Archiv, von dem der Beamte gesprochen hatte. Doch auch hier war es nicht so leicht, an Informationen zu kommen. Die Archive waren zerstreut und in vielen Fällen unorganisiert. Die Suche nach den letzten Spuren eines Menschen, der vor Jahren verschwunden war, gestaltete sich als noch schwieriger, als sie gedacht hatten. Aber sie gaben nicht auf.

Die Straßen von Frankfurt waren gesäumt von zerschlagenen Fenstern und leeren Häusern, in denen einst das Leben pulsiert hatte. Der Krieg war hier nicht weniger gnadenlos gewesen als in den anderen Städten. Doch für Karl und Luisa war Frankfurt ein neuer Ort, ein Ort der Möglichkeit – vielleicht nicht für ein neues Leben, aber wenigstens für Antworten.

Es war bereits spät, als sie vor dem Archiv standen. Der Abend war kalt, und der Wind blies scharf zwischen den Gebäuden hindurch. Karl und Luisa hatten die ganze Stadt durchquert, immer auf der Suche nach einem weiteren Hinweis, der sie näher zu ihren Eltern führen würde. Doch bis jetzt waren die Antworten spärlich, und ihre Hoffnungen begannen zu schwinden.

„Und was wenn wir hier nichts finden?" fragte Luisa, ihre Stimme war brüchig, als sie die Tür des Archivs in die Hand nahm. „Dann müssen wir weitersuchen. Aber wir dürfen nicht aufgeben", sagte Karl, obwohl seine Worte fest klangen, wusste er selbst, wie dünn die Hoffnung war, die sie noch trug.

Im Inneren des Archives roch es nach alten Akten und Papierstaub. Der Raum war düster und ungemütlich, und die Regale, die die Wände entlangzogen, waren voll von alten, vergilbten Ordnern. Die Türen waren nur schwach beleuchtet, und der Raum erschien von der Zeit selbst erdrückt zu werden. Doch es gab auch eine gewisse Ruhe hier – eine Ruhe, die Karl und Luisa eine kleine Zuflucht von den ständigen Ängsten und der Ungewissheit bot, die sie in letzter Zeit begleitet hatte.

Der Mann, der sie begrüßte, war alt und schüchtern. Er blickte auf seine Brille, die er absetzte, als er sie ansah. „Was suchen sie?" fragte er mit einer heiseren Stimme.
„Wir suchen nach Informationen über unsere Eltern, sie wurden in ein Arbeitslager verschleppt, nach Gelsenkirchen, und wir wissen, dass sie in den Osten transportiert wurden. Gibt es Aufzeichnungen über solche Transporte?" Karl sprach ruhig, doch seine Stimme zitterte leicht, als er die Frage stellte, die ihn so quälte.

Der Mann nickte langsam und deutete auf einen Tisch in der Nähe. „Setzen sie sich. Ich werde nachsehen." Die beiden setzten sich, und der Mann verschwand in den hinteren Raum. Es war wieder diese drückende Stille, die sie schon auf ihrer Reise erlebt hatten. Der Raum schien endlos, und sie fühlten sich klein und verloren, als sie darauf warteten, dass der Mann zurückkam.

Endlich, nach einer gefühlten Ewigkeit, trat der Mann wieder in den Raum, ein zerknittertes Blatt in der Hand. „Hier", sagte er leise und legte das Papier vor sie. „Es gibt einen Vermerk. Es geht um Transporte aus Gelsenkirchen im Jahr 1944. Leider gibt es nur sehr wenige Details, aber es ist ein Anfang."

Karl und Luisa beugten sich über das Papier. Es war ein wenig mehr als ein halber Satz: Transporte nach Osten – Arbeitseinsatz. Weitere Bestimmungen unbekannt."
„Das ist alles?", fragte Luisa, die das Blatt aus der Nähe betrachtete. „Ja", antwortete der Mann, „es tut mir leid. Es gibt keine weiteren Informationen. Viele Aufzeichnungen wurden bei den letzten Angriffen zerstört."

„Aber warum?" Karl konnte es kaum fassen. „Warum nur so wenig?" Der Mann zuckte mit den Schultern, „Es war eine chaotische Zeit. Viele Akten wurden absichtlich vernichtet, andere gingen bei den Bombenangriffen verloren. Was hier ist, ist alles, was wir haben."

Karl spürte einen Stich der Verzweiflung. All die Reisen, all die Hoffnung, die sie in die Suche gesetzt hatten, und schien es, als ob sie wieder am Anfang standen. Doch er wollte nicht aufgeben. Nicht jetzt. Nicht nachdem sie so weit gekommen waren. „Gibt es noch andere Archive? Vielleicht irgendwo anders in Deutschland? Etwas, das uns mehr Informationen geben könnte?" Der Mann sah Karl an, als ob er überlegte. „Kann schon sein... vielleicht gibt es noch Aufzeichnungen in der Nähe von Breslau, in den südlichen Teilen des Landes. Aber das ist ein weiter Weg. Und nicht alle Archive sind offen zugänglich."

„Breslau?", wiederholte Karl. Der Name war im vage bekannt, und die Vorstellung, noch weiter in den Osten zu reisen, erfüllte ihn mit gemischten Gefühlen.

Doch es war ein weiterer Hinweis, und jeder Hinweis könnte der entscheidende sein. „Können sie uns helfen herauszufinden, wie wir dorthin kommen?" fragte Luisa.

„Ich kann ihnen nur den Weg weisen", sagte der Mann. „Die Reise nach Breslau ist beschwerlich, aber wenn sie es wirklich versuchen wollen, dann müssen sie sich nun auf den Weg machen."

Der Weg nach Breslau war der letzte Schritt einer langen und ermüdenden Reise, die Karl und Luisa auf neue Herausforderungen führte. Doch die beiden Geschwister waren entschlossen, auch diesen Schritt zu gehen. Die Nachrichten, die sie von den verschiedenen Archiven erhalten hatten, waren zwar spärlich, aber sie hatten nun ein Ziel, auf das sie hinarbeiten konnten: Breslau. Hier hoffte sie, endlich die Informationen zu finden, die sie brauchte, um ihre Eltern zu finden.

Der Zug nach Breslau war ebenfalls langsam und schlecht ausgestattet. Sie mussten in vielen kleinen Städten umsteigen und unzählige Stunden auf Bahnhöfen verbringen. Es gab kaum noch Verbindungen, die diese entlegenen Gebiete miteinander verbanden, und so reisten sie durch verlassene Dörfer und zerstörte Städte, immer auf der Suche nach einem Weg, der sie weiterbrachte.

„Was wenn wir hier auch nichts finden?" fragte Luisa, während sie in einem der überfüllten Züge saßen. Ihr Blick war nachdenklich und Karl konnte sie Sorgen in ihren Augen sehen. „Dann geben wir natürlich nicht auf", antwortete Karl, der feste an die Möglichkeit glaubte, dass sie etwas finden würden. „Wir sind so weit gekommen. Wir dürfen nicht aufhören."

Der Weg war mühsam und gefährlich, und sie wussten, das Breslau noch immer unter den, Nachwirkungen des Krieges litt. Doch sie hatten keine andere Wahl. Es war ihr letzter Versuch.

Die Reise nach Breslau war eine der schwersten, die sie bisher unternommen hatten. Die Züge waren überfüllt, die Fahrt holprig und lang. Karl und Luisa saßen nebeneinander, aber die Stille zwischen ihnen war jetzt eine andere. Sie hatte sich an das ständige Aufeinandertreffen von Enttäuschung und Hoffnung gewöhnt, aber diesmal war es anders. Diesmal schien jeder Schritt den letzten Funken Hoffnung zu verkleinern, den sie noch hatten.

Luisa hatte den Kopf an die kalte Fensterscheibe gelehnt, ihre Augen sahen aus dem Fenster, aber sie sah nicht wirklich etwas. Die Landschaft zog an ihr vorbei, eine graue und trostlose Szenerie aus zerfallenen Dörfern und verbrannten Feldern. Der Krieg hatte alles in seiner Bahn hinterlassen, und auch die Geschwister hatten das Gefühl, als ob der Krieg niemals enden würde.

„Denkst du, sie haben es geschafft, zu überleben?" fragte Luisa schließlich, und ihre Stimme war so leise, dass Karl sie kaum hörte. Er sah sie an, und für einen Moment war alles, was er tat, ihr Gesicht zu betrachten – das Gesicht der Schwester, die er immer beschützen wollte, die er immer hatte beschützen müssen. Sie war stark, das wusste er. Doch diese Stärke war auch ihre Schwäche, denn niemand konnte für immer die Last tragen, die sie gemeinsam mit sich schleiften.

„Ich will es glauben", sagte Karl und legte seine Hand auf ihre. „Ich will glauben, dass sie uns suchen. Dass sie überlebt haben. Es gibt nichts anderes mehr, was wir tun können."

Luisa nickte, doch Karl konnte den Schmerz in ihren Augen sehen. Es war derselbe Schmerz, der auch in ihm brannte. Der Schmerz des Verlustes, des Vermissens. Es war die Lücke, die nichts füllen konnte. Nicht einmal die Hoffnung.

Kapitel 32 Breslau

Als sie schließlich in Breslau ankamen, war es bereits spät am Abend. Der Bahnhof war fast leer, und die wenigen Reisenden, die noch hier waren, eilten mit schnellen Schritten vorbei. Karl und Luisa standen einen Moment lang regungslos da, unsicher, was sie nun tun sollten.

„Wo fangen wir an?" fragte Luisa, ihre Stimme war unsicher. „Wir müssen in die Zentralarchive", antwortete Karl, der entschlossen war, den letzten Schritt zu wagen. „Hier müssen wir alles finden was uns weiterhilft."
Die Straßen von Breslau waren genauso zerstört wie die in Frankfurt. Überall lag Schutt, verbrannte Gebäude standen wie stumme Zeugen der Zerstörung da. Der Krieg war in diese Stadt hineingezogen, hatte sie zerfetzt und auseinandergerissen, aber Breslau hatte auch Widerstandskraft gezeigt, die viele andere Städte nicht besaßen.

„Vielleicht gibt es hier noch Aufzeichnungen", sagte Karl, als sie durch die zerstörten Straßen gingen. „Vielleicht gibt es noch etwas, das wir über unsere Eltern erfahren können."
Doch auch hier, in den trüben Gängen der Zentralarchive, schien die Zeit mir einer grausamen Unbarmherzigkeit vorüberzugehen. Die Archive waren so zerstört wie die Stadt, und die Dokumente, die hier aufbewahrt wurden, waren zerfallen oder verbrannt. Es schien unmöglich, noch etwas zu finden.

Und doch ein winziger Hoffnungsschimmer lag in der Luft.
„Ich habe etwas gefunden", sagte der Bibliothekar, ein alter Mann mit einem zerknitterten Gesicht, der von einem Stuhl aufstand, als er sie ansah.

Er hielt einen kleinen brüchigen Aktenordner in den Händen. „Ein Eintrag. Es ist nicht viel, aber besser als nichts."

Karl und Luisa sahen sich an, als der Mann ihnen den Aktenordner überreichte. Ihr Herz schlug schneller, als die das zerknitterte Papier entfalteten und die vergilbten Worte darauf lasen.
„Gelsenkirchen. Arbeitseinsatz. Transport nach Osten. 1944. Weitere Bestimmung unbekannt. Zeugenaussage: Unbestätigt."

„Es ist mehr als wir je gehabt haben", flüsterte Luisa und starrte das Papier an. Ihre Augen füllten sich mit Tränen. „Aber es ist trotzdem so wenig."
„Es ist ein Hinweis", sagte Karl, der das Blatt an sich drückte. „Ein Hinweis, dass sie irgendwohin weitergeleitet wurden. Wir müssen weitersuchen, wir sind auf dem richtigen Weg."
„Aber wo?" fragte Luisa, ihre Stimme war ein zerbrechliches Flüstern.
„Ich weiß es nicht", gab Karl zu, „aber ich weiß, dass wir weitermachen müssen. Wir dürfen jetzt nicht aufgeben, wir sind so nahe dran."

Die nächsten Tage in Breslau zogen sich wie endlose Stunden. Sie fragten überall, suchten in verschiedenen Archiven und Institutionen, doch immer war es dasselbe – nichts. Der Schmerz wieder und wieder mit leeren Händen zurückzukehren, lag schwer auf ihren Schultern. Karl konnte es kaum ertragen, Luisa mit der Enttäuschung zu sehen. Doch es war ein Kampf, den sie führen mussten.

„Ich kann nicht mehr", sagte Luisa eines Abends, als sie auf einem schmutzigen Kissen in einem der bescheidenen Hotels lag, das sie sich leisten konnten. Ihre Stimme war zerbrochen, und die Worte, die sie sagte, trafen Karl wie ein Schlag.

„Es tut mir leid Karl. Aber ich kann diesen endlosen Schmerz nicht mehr ertragen. Ich weiß nicht, wie lange ich noch glauben kann, dass wir sie finden."

Karl setzte sich an ihr Bett und legte seine Hand auf ihre Stirn. „Du musst es nicht alleine tragen, Luisa", sagte er leide. „Ich werde da sein, solange du mich brauchst. Ich habe dir versprochen, dass wir das zusammen durchstehen, und das werde ich auch tun. Wir haben noch nicht alles versucht. Und solange es einen Funken Hoffnung gibt, müssen wir weitergehen."

Luisa schluckte, dann nickte sie langsam, aber ihre Augen verrieten den tiefen Kampf, den sie in ihrem Inneren führte. Der Krieg hatte ihr nicht nur die Eltern genommen, sondern auch einen Teil von ihr selbst – und sie wusste nicht mehr, ob sie überhaupt noch die Kraft hatte, weiterzumachen.

Doch Karl konnte nicht zulassen, das sie aufgab. Sie hatten es gemeinsam überlebt. Und sie würden es auch gemeinsam weiterführen. Solange sie noch atmeten, solange sie noch einen Hauch von Hoffnung spüren konnten, würde er sie nie im Stich lassen. „Ich werde es durchziehen", flüsterte Luisa schließlich, und ein kleiner Funke Hoffnung keimte wieder in ihren Augen auf. Karl nickte. „Zusammen", sagte er, „gemeinsam."

Die Tage in Breslau wurden zu einer zähen schmerzhaften Wiederholung. Die Städte, die sie bereisten, die Archive, die sie durchsuchten, die Menschen, die sie fragten – es war, als ob die Antworten immer nur einen Schritt voraus waren. Die ganze Zeit über hingen die Schatten der Vergangenheit schwer über ihnen, eine Erinnerung an all das, was verloren gegangen war.

Doch obwohl die Antworten weit entfernt schienen, wuchs auch die Entschlossenheit der beiden Geschwister, ihre Eltern zu finden.

Eines Abends saßen sie auf der alten, brüchigen Holzbank vor ihrem Zimmer, und betrachtete den düsteren Himmel, der sich über Breslau legte. Der Wind war kalt und schneidend, und es schien, als ob die Stadt selbst in ihren alten, ausgebombten Straßen den Atem anhielt. Der Krieg war zwar schon länger vorbei aber seine Narben waren immer in jedem Schritt spürbar.

"Weißt du Karl", begann Luisa leise, „ich frage mich manchmal, ob wir unsere Eltern jemals wiederfinden werden. Ob sie überhaupt noch am Leben sind."
Karl war einen Moment lang still. Die Frage, die sie so lange vermieden hatten, war jetzt unvermeidlich. Die Wahrheit war, dass er sich das selbst immer wieder fragte. Doch etwas in ihm weigerte sich, diese Frage zu beantworten, denn er wusste, dass er in diesen Moment zusammenbrechen würde, wenn er es tat.

„Ich glaube es", sagte er schließlich, ohne wirklich zu wissen, warum er das sagte. „Ich muss es glauben. Ich habe es dir versprochen, Luisa. Ich habe dir versprochen, dass wir sie finden werden."
Luisa nickte, und obwohl ihre Augen sich mit Tränen füllten, hielt sie Tränen zurück. Sie war stark, und er wusste, dass es ihr schwerfiel, auch nur den kleinsten Moment der Schwäche zu zeigen. Doch Karl wusste, dass sie in diesem Moment genauso verletzt war wie er. Der Schmerz, den sie beide tief in sich trugen, war zu groß, um ihn in Worte zu fassen.

„Du hast immer an uns geglaubt", sagte sie,

ihre Stimme fast flüsternd. „Und das ist der Grund, warum wir es schaffen müssen. Weil du an uns glaubst."

Karl schaute sie an und lächelte schwach. „Wir werden es schaffen", sagte er noch einmal, fest entschlossen. „Egal wie lange es dauert. Wir werden uns nicht von der Hoffnung trennen."

Am nächsten morgen machten sie sich wieder auf den Weg zu einem weiteren Archiv, das von einem alten Mann, den sie am Vorabend getroffen hatten, empfohlen worden war. Es lag in einem der ältesten Teile der Stadt, in einem Gebäude, das von außen betrachtet, wie ein Monument vergangener Zeiten aussah. Die Fenster waren zerschlagen, und die Wände trugen die Naben des Krieges, doch das Gebäude selbst stand noch.

Als sie durch die langen, dunklen Korridore des Archivs gingen, fühlten sie den Druck der vielen Jahre, die zwischen ihnen und den Antworten lagen. Doch der alte Mann hatte ihnen gesagt, dass es dort möglicherweise noch Dokumente gäbe, die selbst die Trümmer des Krieges überlebt hatten. Die Chance war gering, doch sie wusste, dass es ihre letzte war.

Der Archivleiter, ein mürrischer Mann, der sie mit einem misstrauischen Blick begrüßte, schüttelte den Kopf, als sie ihn nach den Informationen fragten, die sie suchten. Doch als Karl ihm das vergilbte Dokument zeigte, das sie in Breslau gefunden hatten, änderte sich etwas an ihm. Der Mann nahm das Papier in die Hand, betrachtete es eine lange Weile und begann dann, in den staubigen Regalen nach einem bestimmten Ordner zu suchen. „Vielleicht", murmelte der Archivleiter. „Vielleicht ist noch etwas da. Wenn sie Glück haben..."

Das Warten in dieser endlosen Stille war wie ein Test, der jeden von ihnen bis an den Rand der Verzweiflung brachte. Karl hatte das Gefühl, dass die Zeit stillstand, als er neben Luisa stand und auf den Archivleiter starrte, der in den Regalen kramte.

Schließlich, nach einer halben Ewigkeit, zog der Mann einen alten, abgegriffenen Ordner hervor. Die Ränder waren abgenutzt, und der Ordner war deutlich älter als alles, was Karl und Luisa bis jetzt in der Hand gehabt hatten. „Hier" sagte der Mann und legte den Ordner auf den Tisch. „Es ist das Letzte, was wir zu bieten haben."

Mit zitternden Händen öffnete Karl den Ordner. Die Seiten waren auch stark vergilbt, und der Text war schwer zu entziffern. Doch als er weiterblätterte, fand er etwas, das sein Herz schneller schlagen ließ. „Das ist... es ist ein Vermerk über einen Transport", sagte Karl, die Worte kaum fassend. „Es ist von 1944, sie haben tatsächlich überlebt!"
Luisa starrte das Papier an. „Aber das bedeutet... das bedeutet, dass sie noch irgendwo sind!" Ihre Stimme war laut vor Aufregung. „Sie sind nicht gestorben!"

Die Worte ließen die Zeit für einen Moment stillstehen. Die Hoffnung, die sie fast verloren hatten, war plötzlich wieder zurück. Sie wussten noch nicht, was dieses neue Dokument für sie bedeuten würde, doch es war ein Anzeichen, das ihre Eltern vielleicht nicht tot waren. Sie könnten noch irgendwo leben, irgendwo in einem Lager, irgendwo im Osten.
„Wir müssen dort hin", sagte Karl, seine Stimme fest und klar. „Das ist unser letzter Schritt. Wir müssen herausfinden, wo sie sind." Luisa nickte mit Tränen in den Augen. „ich glaube, du hast recht", sagte sie. „Wir können jetzt nicht aufhören. Jetzt erst recht nicht."

Kapitel 33 Ein neuer Weg

Der Weg nach Osten war lang und voller Gefahren. Die Reise würde sie in gefährliches Gebiet führen, aber sie hatten keine Wahl mehr. Das Dokument war ihr letzter Hinweis, und es führte sie weiter in die tiefsten Winkel Europas. Ihre Reise war ein Ringen zwischen Hoffnung und Verzweiflung, zwischen Erinnerungen an die Eltern, die sie verloren hatten, und der festen Entschlossenheit, diese verlorene Verbindung wieder herzustellen.

Die Straßen führten sie durch Dörfer und Städte, die von den Nachwirkungen des Krieges gezeichnet waren. Überall, wo sie hinkamen, sahen sie die Trümmer der Vergangenheit. Doch jeder Schritt, den sie machten, ließ sie näher an die Wahrheit kommen, und vielleicht auch an die Rückkehr ihrer Eltern.

Die Tage auf der Reise nach Osten zogen sich wieder endlos dahin. Die Züge, die sie nahmen, waren überfüllt, die Menschen darin schienen müde, erschöpft und verängstigt, weil sie nicht wussten was die Zukunft noch bringt. Der Krieg hatte viele hinterlassen, die nicht mehr zurückkehren konnten. Viele waren auf der Suche nach den Überresten ihres Lebens, nach den Erinnerungen, die sie verloren hatten. Und genauso fühlten sich auch Karl und Luisa. Ihr Leben war ein Trümmerhaufen, doch der Gedanke an ihre Eltern hielt sie aufrecht.

Die Landschaft, die sich vor ihren Augen ausbreitete, war eine Mischung aus leeren Feldern, zerstörten Städten und kleinen Dörfern, die wie Geister aus einer anderen Zeit wirkten. Der Winter war fast vorbei, aber der Frühling hatte noch keine wirkliche Chance, die düsteren Schatten des Krieges zu vertreiben.

Doch jeder Schritt, den sie machten, führte sie ein Stück näher an das Ziel, das sie sich erträumt hatten – die Möglichkeit, ihre Eltern wiederzufinden.

„Hast du Angst?" fragte Luisa eines Abends, als sie in einem kleinen Gasthof in einem der vielen ungenannten Dörfer am Rande des Lagers übernachteten.
Karl war einen Moment lang still. Er hatte Angst, ja. Angst vor dem, was sie finden würden, Angst davor, was sie in der Dunkelheit der Vergangenheit zurücklassen mussten. Doch er wusste auch, dass sie keinen anderen Weg mehr gehen konnten. Der Moment, auf den sie so lange gewartet hatten, war jetzt in greifbarer Nähe. Und er würde nicht zulassen, dass Angst sie aufhielt.

„Ja, ein bisschen", gab er zu. „Aber Angst darf uns nicht aufhalten. Wir müssen weitermachen. Für uns. Für sie."
Luisa nickte, ihre Augen glänzten im schwachen Licht des Feuers, das in der Ecke des Raumes prasselte. „Ich habe Angst davor, was wir finden werden", flüsterte sie, als hätte sie den größten Teil der Last auf ihren Schultern getragen. „Was wenn sie tot sind? Was, wenn sie uns schon vergessen haben?"

„Ich glaube nicht, dass sie uns vergessen haben", sagte Karl leise. „Und wenn sie tot sind, dann werden wir das Wissen. Aber ich glaube, dass sie uns suchen. Sie haben uns mit Sicherheit nie aufgegeben."

Am nächsten Tag führte der Weg sie weiter durch das Land. Ihre Reise war nicht nur eine Suche nach Antworten, sondern auch eine Reise in die Vergangenheit, die sich immer tiefer in ihre Herzen gruben. Überall, wo sie hinkamen, trafen sie auf Überlebende des Krieges. Viele von ihnen waren genauso verloren wie sie.

Der Krieg hatte das Land und auch die Menschen zerstört, aber in jeder dieser Begegnungen, in jedem traurigen Blick, fanden sie eine Erinnerung daran, warum sie weitermachen mussten.

In einem kleinen Dorf am Rand eines Waldes, das fast vollständig zerstört war, trafen sie auf einen alten Mann, der im Schatten einer alten Schule saß. Er hatte das Gesicht eines Mannes, der zu viel gesehen hatte, der zu viel erlitten hatte, um noch wirklich zu leben, aber auch jemand, der nie aufgeben konnte. Seine Augen waren leer und grau, doch als er Karl und Luisa ansprach, funkelte ein letzter Funken Leben in seinen Augen.

„Ihr sucht nach etwas bestimmten, nicht wahr?", fragte der Mann, seine Stimme war rau und heiser. „Etwas oder jemanden. So wie wir alle hier suchen."
Karl nickte, doch er wusste nicht, was er sagen sollte. Der Mann sprach von einer Wahrheit, die für ihn schwer fassbar war. Doch in diesem Moment fühlte er eine tiefe Verbindung zu diesem fremden Mann, einem Mann, der genauso verloren war wie er selbst.

„Wir suchen nach unseren Eltern", sagte Karl schließlich, die Worte fielen wie Steine in das Schweigen der Umgebung.
Der Mann nickte langsam. „Der Krieg hat viele von uns zerstreut. Viele haben ihre Familien nie wiedergefunden. Doch ich habe etwas gesehen. Irgendwo. Vielleicht kann ich ihnen helfen."
Karl spürte, wie sein Herz schneller schlug.
Vielleicht war dies der Moment, auf den sie so lange gewartet hatten. Der Mann führte sie zu einem alten Dokumentenschrank im dem alten Schulgebäude stand. Es war ein Ort, an dem Überlebende ihre eigenen Geschichten niederschrieben, eine Art Zeugenschaft für das, was sie durchgemacht hatten.

„Das ist alles, was ich habe", sagte der Mann, als er den Schrank öffnete. „Aber vielleicht finden sie hier antworten."
Karl und Luisa blätterten durch die vergilbten Seiten, die fast zu Staub zerfielen, als sie sie berührten. Auf jeder Seite standen Namen, Daten und Orte – viele der Einträge waren unleserlich oder nur schwer zu entziffern, doch als Karl auf eine Seite starrte, stockte ihm der Atem.

„Hier!", rief er. „Hier steht etwas über Gummersbach. Und ein Vermerk über eine Familie – die Familie Winter."
Luisa nahm das Blatt aus seiner Hand und starrte darauf. „Das ist... das könnte..."
Karl konnte den Atem kaum anhalten. Es war ein Hinweis, ein winziger Lichtstrahl in der Dunkelheit. Die Familie Winter - sie hatten diesen Namen schon so oft gehört, es war der Mädchenname ihrer Mutter. Ihre Eltern wurden immer nur „die Winters" gewesen, obwohl sie Müller hießen.

Dieser Eintrag war der Beweis, dass ihre Eltern nicht nur überlebt hatten, sondern dass sie auch an einem bestimmten Ort gewesen waren, den sie bis dahin nie gekannt hatten.
„Wir müssen sofort dorthin", sagte Karl, die Entschlossenheit in seiner Stimme war jetzt stärker denn je. „Das ist der Weg. Wir müssen wissen, ob sie wirklich dort sind."
Luisa nickte, ihre Augen strahlten mit einer Hoffnung, die sie schon lange nicht mehr gespürt hatte. „Dann los. Wir haben keine Zeit zu verlieren."

Kapitel 34 Ein letzter Akt der Hoffnung

Der Weg dorthin war hart und beschwerlich, doch die Entschlossenheit der beiden Geschwister trieb sie immer weiter voran. Sie wussten, dass jeder Schritt, den sie taten, ein Schritt näher an der Wahrheit war. Der Ort, den sie suchten, war nur eine kleine, unbedeutende Stadt, aber für sie war es der letzte Schlüssel zu einem möglichen Happy End.

Als sie in der Stadt ankamen, war es bereits dunkel. Sie fanden das kleine, verlassene Gebäude, in dem ihre Eltern angeblich gewesen sein sollten, sie hatten das Gefühl, als ob sie die ganze Last der letzten Jahre auf ihren Schultern lag.
„Glaubst du, wir finden sie hier?" fragte Luisa.
Karl legte einen Arm um sie und zog sie sanft näher. „Wir haben keinen anderen Weg mehr, Luisa. Aber ich glaube fest daran, dass wir sie finden werden. Ich glaube an uns."

Die Straßen um sie herum waren dunkel und unübersichtlich, als Karl und Luisa sich umschauten und auf das verschlafene Städtchen schauten. Der Wind hatte in der Dämmerung an Fahrt aufgenommen, und die Kälte zog bis ins Mark. Doch die Hoffnung, die sie in sich trugen, war stärker als die Dunkelheit und die Kälte, die sich um sie legte.
Das Gebäude, vor dem sie nun standen, war ein altes kleines Lagerhaus am Rande der Stadt. Es wirkte verlassen und still. Die Fenster mit Brettern vernagelt. Das Gebäude war in den letzten Kriegsjahren genutzt worden, um Flüchtlinge und Vertriebene unterzubringen, bevor es wieder leer stand. Es war ein Ort, an dem Menschen ihre Hoffnungen und Ängsten hinterlassen hatten, ein Ort, der von diesen Jahren gezeichnet war.

„Wir sind hier", sagte Karl, als er die verblasste rostige Türe des Hauses anstarrte. „Dies könnte der letzte Ort sein, an dem wir suchen müssen."

Luisa trat einen Schritt zurück, zögerte einen Moment. Ihre Hände waren kalt, doch sie spürte, wie ihr Herz schneller schlug. „Was wenn sie nicht hier sind, Karl? Was, wenn dieser Eintrag uns in eine Sackgasse geführt hat?"

Karl drehte sich zu ihr um und nahm ihre Hand. "Wir können nur weitergehen. Wir müssen es wissen. Es ist unser letzter Versuch, Luisa."

Langsam und vorsichtig öffneten sie die Tür. Ein muffiger Geruch empfing sie, als sie das Gebäude betraten. Die Luft war schwer, als hätte sie all die Trauer und das Leid der Jahre aufgenommen. Der Raum war groß und leer, aber zwischen den Staubschichten und Scherben erkannten sie noch die Spuren eines Lebens, das hier einmal gewesen war. Alte Kisten standen in den Ecken, zusammengefallene Regale lagen auf dem Boden verstreut.

„Sie müssen hier gewesen sein", murmelte Karl. „Vielleicht in einem der Zimmer."

Sie begannen, das Gebäude systematisch zu durchsuchen. Es war still, viel zu still. Der Boden unter ihren Füßen knarrte bei jedem Schritt, und das einzige Geräusch war das Rauschen des Windes, der durch die Ritze in den Wänden zog. Doch plötzlich stieß Luisa auf etwas, das ihre Aufmerksamkeit erregte.

„Karl, hier!", rief sie.

Karl eilte zu ihr. In einer Ecke des Raumes lag ein Haufen vergilbter Papiere, die halb unter einem alten Schrank hervorragten. Luisa zog das Bündel hervor, und als sie es durchblätterten, fanden sie etwas, das ihre Herzen fast zum Stillstand brachte.

„Es ist ein Vermerk", sagte Karl, als er die Handschrift entzifferte. „Über das Verbringen von Menschen aus dem Osten... und ein Verweis auf einen Transport aus Gummersbach."

„Das ist es!" flüsterte Luisa. Ihre Stimme war kaum mehr als ein Atemzug, als sie das Papier festhielt, als ob es der einzige Beweis ihrer Eltern war. „Das ist der Beweis!"

Der Transport war tatsächlich dokumentiert, und auf den Seiten standen Namen. Unzählige Namen, aber unter ihnen fanden sie einen, den sie niemals zu vergessen geglaubt hatten: Winter. Die Familie Winter war in einem Bericht erwähnt, der den Transport von Menschen aus einem der Arbeitslager im Osten vermerkte.

„Wir müssen dorthin", sagte Karl mit fester Stimme, als er das Papier fest in der Hand hielt. „Das ist der Ort. Dort müssen wir hin."

Luisa nickte. „Es gibt kein zurück mehr, Karl. Wir wissen jetzt, dass sie noch da draußen sind."

Es war fast eine Woche später, als sie endlich den Zielort erreichten. Die Reise war mal wieder lang und strapaziös, und jeder Tag war ein weiterer Kampf gegen die Entmutigung und die karge Realität der Welt, die sie umgab. Die Landschaft, die sie durchquerten, schien immer gleicher zu werden – weitläufige Felder, verlassene Dörfer und trübe, graue Himmel. Doch der Gedanke an ihre Eltern gab ihnen die nötige Energie, weiter zu gehen, immer weiter.

Als sie schließlich an ihrem Ziel ankamen, fanden sie ein kleines, verfallenes Lager, das fast vollständig von einem dichten Nebel umhüllt war. Es war kaum mehr als eine Ansammlung von Baracken, die schon lange nicht mehr bewohnt waren, und den wenigen Überlebenden, die dort zurückgelassen worden waren, schien der Ort ebenso gezeichnet von Leid und Entbehrung wie die beiden Geschwister.

„Das ist es", sagte Karl leise, als der das Tor des Lagers betrachtete. „Hier müssen sie irgendwo sein. Vielleicht sind sie noch hier."

Doch der Anblick des Lagers ließ die Erinnerungen an die Tragödien der letzten Jahre wiederaufleben. Erinnerungen an die vielen, die verloren gegangen waren, an die vielen die sich auf die Reise gemacht hatten, ohne je ein Ziel zu finden. Und trotzdem – trotz allem – blieb in Karl und Luisa der unauslöschliche Gedanke an die Möglichkeit, dass ihre Eltern irgendwo dort draußen waren.

„Wir werden sie finden, Karl", flüsterte Luisa, als sie neben ihm stand. „Ich spüre es."

Nach einiger Zeit fanden sie im Lager endlich eine der wenigen Überlebenden, die dortgeblieben waren – eine Frau, die das Leben im Lager ertragen hatte und deren Augen die tiefen Wunden eines erlebten Höllenfeuers trugen. Sie hatte all das gesehen, was Karl und Luisa nie erfahren würden – das Leben in einem der schlimmsten Lager, die man sich vorstellen konnte.

„Ich erinnere mich", sagte die Frau leise, als sie von den Eltern der beiden Geschwister hörte. „Es gab tatsächlich eine Familie aus Gummersbach. Sie waren zu Anfang sehr schwach. Doch sie haben es geschafft, sie haben überlebt. Sie wurden dann irgendwo nach Osten geschickt..."

„Wohin?", fragte Karl, seine Stimme klang fast verzweifelt.

„Ich weiß es nicht", sagte die Frau, „aber ich weiß, dass sie nicht hiergeblieben sind. Sie mussten weiter. Es war nach der Befreiung als sie verschickt wurden."

Karl konnte es kaum fassen. Ihre Eltern waren hier gewesen – sie hatten beide überlebt, sie hatten durchgehalten. Doch sie waren weitergezogen. „Und wo sind sie jetzt", fragte Luisa, ihre Stimme zitterte vor Hoffnung und Angst.

„Ich weiß es wirklich nicht", antwortete die Frau mit einem traurigen Lächeln. „Aber ich glaube sie sind noch am Leben."

Es war ein bittersüßer Moment, indem sich Karl und Luisa wieder einmal mit der unerbittlichen Wahrheit des Krieges konfrontiert sahen. Sie wussten nun, dass ihre Eltern überlebt hatten, dass sie nicht tot waren, aber ihre Reise war noch lange nicht zu Ende. Der Weg, den sie vor sich hatten, war ungewiss und voller Herausforderungen, aber sie hatten nun einen neuen Plan, ein neues Ziel: die Suche nach ihren Eltern würde weitergehen, so lange es nötig war. Sie würden nicht aufgeben. Denn die Hoffnung auf ein Wiedersehen war das, was sie zusammenhielt.

Kapitel 35 Das Ende der Ungewissheit

Die Entschlossenheit die Karl und Luisa in den letzten Tagen
getragen hatte, war nach der Begegnung mit der Überlebenden
im Lager noch stärker geworden. Sie hatten nun Gewissheit: Ihre
Eltern hatten überlebt. Doch die Frage, wohin sie geschickt
worden waren, ließ die Geschwister nicht los. Jeder Teil an
Information, das sie fanden, brachte sie ein kleines Stück weiter,
aber sie wussten, dass der wahre Kampf erst begann. Ein neuer
Abschnitt ihrer Reise stand bevor.

„Wir müssen uns besser vorbereiten, Karl", sagte Luisa, als sie
zusammen auf einer der alten, abgewetzten Betten im Lager
saßen. Die Nacht war bereits hereingebrochen, und das
Rauschen des Windes durch die zerbrochenen Fenster war das
einzige Geräusch, was den raum erfüllte.
„Ja", stimmte Karl zu. „Wir brauchen mehr Informationen.
Vielleicht gibt es jemanden, der weiß, wohin sie gebracht
wurden. Ein Verwalter, ein Dokument. Irgendwas, was uns helfen
kann."

Sie wussten, dass sie nicht mehr in diesem Lager bleiben
konnten. Es war der einzige Ort, an dem sie etwas erfahren
hatten, aber sie mussten weiterziehen, um die nächste Spur zu
finden. Das Gefühl der Hilflosigkeit, das sie manchmal überkam,
ließ sie nicht zur Ruhe kommen. Doch der Gedanke, ihre Eltern
zu finden, hielt sie aufrecht. „Karl, was wenn wir sie nie finden?"
Luisa hatte sich noch nie so verletzlich gezeigt wie in diesem
Moment. Die Last die sie getragen hatten war schwer, und der
Gedanke, dass sie niemals wiedersehen könnten, was sie so
sehr vermissten, ließ Tränen in ihren Augen blitzen.

Karl nahm ihre Hand und drückte sie sanft. „Wir werden sie finden, Luisa. Wir haben es bis hierhergeschafft, und wir werden nicht aufgeben. Auch wenn es dauert, auch wenn es hart wird – wir haben uns. Und das wird uns helfen weiterzukämpfen."

Luisa nickte, aber tief in ihrem Inneren wusste sie, dass der Weg noch lange nicht zu Ende war. Es gab noch viele Fragen, so viele Unbekannte. Doch es gab auch eine kleine Flamme der Hoffnung, die in ihren Herzen brannte. Und die war genug um weiterzugehen.

Der Weg den Karl und Luisa nun eingeschlagen hatten, führte sie durch Länder und Dörfer, in denen die Zeichen des Krieges noch immer präsent waren. Zerstörte Häuser, Ruinen von ehemaligen Höhlen und Stellungen, die kaum noch zu erkennen waren, prägten die Landschaft. Die Menschen die sie trafen, hatten den Schmerz des Krieges in ihren Augen, und es schien, als trugen alle eine unsichtbare Wunde.

Es war schwer weiterzugehen. Es gab keine klaren Wege, keine einfachen Antworten. Die Straßen die sie nun befuhren, waren nicht mehr die vertrauten Routen von Gummersbach oder Köln, sondern abgelegene, vom Krieg gezeichnete Straßen. Doch jeder Schritt führte sie näher ans Ziel.

„Weist du, Karl", sagte Luisa eines Abends, als sie auf einem kleinen Bauernhof unterkamen, „ich hatte immer gedacht, dass wir es irgendwann schaffen würden, einfach wieder zusammen zu sein, wie früher. Dass wir alle wieder nach Gummersbach zurückkehren könnten, in unser altes Haus. Aber jetzt, fühlt es sich nicht so an. Alles ist anders."

Karl seufzte leise und schaute in die dunkle Ferne. „Es wir nie wieder wie früher sein, Luisa. Aber das heißt nicht, dass es nicht anders gut sein kann. Wir müssen nur herausfinden, wie wir unseren Weg neu gehen können."

„Aber wie?" Ihre Stimme klang so verloren. „Wie soll das Leben wieder in Ordnung kommen, wenn alles, was uns bleibt, die Erinnerung ist?"

„Indem wir nicht vergessen", antwortete Karl entschlossen. „Indem wir die Erinnerung bewahren und alles tun, um die Menschen, die wir lieben, nicht aufzugeben. Für uns. Für sie."

Es war nach einer langen Reise, als sie schließlich einen weiteren Hinweis auf den Verbleib ihrer Eltern erhielten. In einem kleinen Dorf trafen sie auf einen Mann, der den Transport ihrer Eltern kannte. Er war ein ehemaliger Soldat, der in der Nähe des Lagers stationiert gewesen war, in das ihre Eltern verschickt worden waren. „Die Familie Winter", sagte der Mann in einer ruhigen, beinahe schlichen Stimme, als er ihren Namen hörte. „Ja, ich erinnere mich an sie. Sie waren starke Menschen. Sie wurden in ein Arbeitslager im Osten geschickt. Ich weiß, dass sie das Lager nach der Befreiung verlassen mussten, aber wo sie hin sind, das haben ich nie erfahren. Es gab damals zu viele Menschen, zu viele, die verschickt wurden."

Karl und Luisa waren wieder einen kleinen Schritt weiter, doch ihre Enttäuschung war trotzdem groß. Der Mann hatte ihnen keine neuen Informationen geben können, nur dass ihre Eltern auf einen weiteren Tarnsport geschickt worden waren. Doch das hieß nicht das Ende der Suche. Es war vielmehr ein Ansporn, weiterzugehen. „Es muss doch einen Weg geben, mehr herauszufinden", sagte Karl nachdenklich, als sie sich von dem Mann verabschiedeten.

„Vielleicht gibt es noch Dokumente, die uns weiterhelfen können", erwiderte Luisa. „Es gibt so viele Archive und alte Akten. Wir müssen herausfinden, welche Informationen noch existieren und stimmen."

Die Suche nach weiteren Dokumenten führte sie zu einem alten Archiv in einem verlassenen Gebäude am Rande eines kleinen, abgelegenen Dorfes. Die Luft war kalt und stickig, als sie das Gebäude betraten. Überall lagen Papiere verstreut, die den Staub der Jahre auf sich trugen.

Karl und Luisa verbrachten Stunden damit, in den vergilbten Akten und Berichten zu suchen. Und dann, endlich – nach einer schier endlosen Suche – fanden sie einen Bericht, der ihren Eltern zugeordnet war. Ein Eintrag, der ihre Reise aus dem Arbeitslager dokumentierte, die Umstände ihrer Entlassung und die letzte bekannte Aufenthaltsadresse.

„Hier!", rief Karl, als er den Bericht fand. „Hier steht, dass sie in ein Flüchtlingslager in einem kleinen Ort in Tschechien geschickt wurden. Das ist der Ort, an dem sie sein sollten."

Luisa starrte auf das Papier. Ihre Augen glänzten vor Hoffnung und Verzweiflung zugleich. „Tschechien. Das ist unser nächster Schritt. Wir müssen dorthin."

Karl nickte. „Wir haben endlich eine konkrete Spur, Luisa. Wir haben es fast geschafft."

Mit einem letzten Blick auf die Akten und Dokumente machten sich die Geschwister auf den Weg, den letzten Abschnitt ihrer Reise zu meistern. Der Weg nach Tschechien war gefährlich und ungewiss, doch sie hatten nun die Gewissheit, dass ihre Eltern überlebt hatten und dass sie ihnen noch einen Schritt nähergekommen waren.

Die Reise ging weiter, und mit jedem Tag kamen sie ein Stück näher an ihre Eltern. Doch es war klar: Diese Reise war nicht nur eine Suche nach den Eltern, sondern eine Suche nach der Heilung ihrer eigenen Wunden, die sie im Krieg erlitten hatten.

Und wenn sie am Ende wirklich wieder vereint wären, würde es mehr als nur das Wiedersehen von Mutter und Vater bedeuten. Es würde das Wiederfinden von Liebe und Hoffnung in einer Welt sein, die so viel genommen hatte.

Die Reise nach Tschechien war, wie alles, was Karl und Luisa bisher erlebt hatten, alles andere als einfach. Die Straßen waren rau und gefährlich, und der Winter hatte das Land in ein frostiges Schweigen gehüllt. Die beiden Geschwister reisten mit gemischten Gefühlen. Einerseits war da die Vorfreude, endlich eine Spur ihrer Eltern zu haben, andererseits die ständige Angst, dass sie zu spät kommen könnten.

Jeder Tag, an dem sie in einem Wirtshaus oder einem verlassenen Haus Unterschlupf fanden, war ein kleiner Sieg, aber auch ein ständiger Kampf gegen die Erinnerung an den Schmerz. Die ganze Reise fühlte sich an wie ein ständiger Balanceakt zwischen Hoffnung und Verzweiflung. Die Zeit hatte an allem genagt, und selbst das vertraute Gefühl der Nähe zwischen den beiden Geschwistern begann, die Wunden der Vergangenheit nicht mehr ganz so zu heilen.
„Was wenn wir sie doch nicht finden?" Luisa stellte die Frage, die Karl sich schon oft selbst gestellt hatte. Sie saßen an einem kalten Abend vor einem winzigen Feuer, das in einem Kamin prasselte.

„Du weißt, dass wir sie finden werden", antwortete Karl mit festem Blick, der mehr zu sich selbst als zu Luisa sprach. „Wir haben keine Wahl. Wir müssen. Sie sind da draußen. Sie haben überlebt, und wir kommen ihnen näher, auch wenn es uns alles abverlangt."

„Und wenn sie es nicht mehr sind?" Luisa sprach leise, ihre Stimme fast wie ein Flüstern im Rauschen des Windes. „Was wenn sie..."

„Lass uns nicht darüber nachdenken", unterbrach Karl sie. „Wir denken an die Möglichkeit, sie zu finden. Wir glauben daran." Doch tief in seinem Inneren war auch Karl von dieser Frage gequält. Was, wenn die Jahre ihnen alles genommen hatten? Was, wenn ihre Eltern die Reise nicht überlebt hatten? Was, wenn die Hoffnung, die sie so lange in ihren Herzen getragen haben, ein Märchen war, das sie sich selbst erzählt hatten, um nicht unterzugehen?

Sie waren noch immer in einer Welt, die den Krieg nicht hinter sich gelassen hatte. Auch wenn es von außen so schien, als sei der Frieden endlich eingekehrt, gab es immer noch Spuren des zerstörerischen Konflikts, die alles durchzogen.
Aber für Karl und Luisa war der wahre Krieg der, den sie mit sich selbst kämpften, den Frieden der Vergangenheit zu finden, auch wenn sie nicht wussten, ob er existierte.

Kapitel 36 Ankunft in Tschechien

Es war ein kalter Nachmittag, als sie die Grenze zu Tschechien überquerten. Der Wind war eisig und biss in ihre Haut, während sie sich langsam durch die verlassenen Landstraßen bewegten. Die Dörfer, an denen sie vorbeikamen, hatten den Glanz ihrer einstigen Zeit verloren.

Häuser standen leer, Felder lagen brach, und die Dorfbewohner, die sie trafen, hatten leergefressene Blicke.
„Es fühlt sich an, als ob hier die Zeit stehen geblieben ist", sagte Luisa, während sie die winzigen, grau verfallenen Gebäude musterte. „Vielleicht ist es das", erwiderte Karl.
„Vielleicht hat der Krieg mehr zurückgelassen als nur Trümmer. Vielleicht sind die Menschen hier auch innerlich zerbrochen."

Die beiden machten sich auf den Weg zu dem Ort, den das Dokument als Zielort ihrer Eltern angab. Ein Flüchtlingslager, das sich in einem abgelegenen Teil des Landes befand, ein Ort, den fast niemand mehr besuchte. Auch hier war der Frieden noch nicht angekommen, und der Geruch der Zerstörung hing immer noch in der Luft.

„Lass uns hoffen, dass wir hier endlich mehr erfahren", sagte Karl, als sie das Lager erreichten. Es war ein winziges, verwittertes Gebäude, das sich an einem Hang befand, fast versteckt von der Welt. Ein Relikt aus den dunklen Tagen nach dem Krieg, dass niemand mehr gebrauchte.

Sie betraten das Gebäude. Das wie so viele andere in diesem Land von der Zeit und den Ereignissen gezeichnet war. Es war still, zu still. Die Wände waren mit Fotografien von Menschen bedeckt die hier Zuflucht gesucht hatten.

Einige der Gesichter waren vertraut, andere nicht. Doch eines zog ihre Aufmerksamkeit an. In einem Bild, das fast im Verborgenen hing, war ein Paar zu sehen – ein älteres Ehepaar, das sie auf den ersten Blick nicht wiedererkannten. Doch als Karl nähertrat und das Bild genauer betrachtete, erstarrte er.

„Das sind sie... das sind unsere Eltern!" Die Worte kamen stockend, doch sie waren klar. „Sie sind hier gewesen." Luisa trat vorsichtig vor. Ihre Hand griff nach Karls. Ihre Augen füllten sich mit Tränen, als sie die Erinnerung an ihre Eltern in diesem alten, vergilbten Foto wiederfand. „Das dürfen wir jetzt einfach glauben, Karl. Sie haben überlebt... sie haben überlebt."

„Aber was ist mit ihnen passiert?" Karl war nur noch ein Schatten seiner selbst. Was hatte der Krieg mit ihnen gemacht? Und warum war das Bild ihrer Eltern hier, in einem Flüchtlingslager, das keiner mehr nutzte?

Es war ein weiterer alter Mann, der in diesem verlassenen alten Gebäude lebte und sich an vieles erinnerte, was die Geschichte des Lagers betraf. Er hatte sich mit der Zeit von allem entfernt, was mit dem Krieg zu tun hatte, doch als er das Bild der Eltern sah, war er plötzlich bereit, über das zu sprechen, was er wusste. „Ja", sagte der alte Mann, seine Stimme rau und brüchig. „Ich erinnere mich. Sie wurden hierhergeschickt, nach dem Krieg. Die Frau war sehr krank, aber der Mann war stark. Sehr stark. Ich habe sie selbst betreut, in den ersten Tagen nach ihrer Ankunft. Sie waren gute Leute. Sie waren nicht wie die anderen, die hierherkamen. Sie hatten eine Geschichte. Ihre Geschichte... sie war nicht leicht."

Karl und Luisa hörten gespannt zu. Was er ihnen erzählte, ließ ihre Herzen schneller schlagen.

„Sie... sie wurden auf einen anderen Transport gesetzt. Ich kann mich nicht genau erinnern, wohin, aber ich weiß, dass es weit weg war. Vielleicht noch weiter in den Osten. Der Krieg hatte so viele Wunden hinterlassen, die sich nicht heilen wollten. Sie konnten nicht bleiben."

„Und seitdem haben sie nie wieder etwas von ihnen gehört?", fragte Luisa leise, ihre Stimme zitterte vor Hoffnung und Angst. „Nein, aber ich glaube... sie haben es nicht überlebt. Die Krankenhäuser waren voll, und viele Menschen gingen verloren", sagte der alte Mann traurig. „Aber es gibt noch jemanden, des sie kannte. Ein anderer Flüchtling, der damals hier war. Vielleicht weiß er mehr."

Die Worte des alten Mannes setzten einen neuen Funken in Karl und Luisa frei. Ihre Eltern waren nicht vergessen. Es gab immer noch jemanden, der sich an sie erinnerte. Und dieser jemand konnte der Schlüssel zu der Wahrheit sein, die sie suchten. Die beiden Geschwister wussten, dass ihre Reise noch lange nicht zu Ende war. Sie hatten nun eine neue Spur, eine neue Möglichkeit, ihre Eltern zu finden. Doch das wusste auch der alte Mann, der ihnen versicherte:
„Die Antwort liegt bei ihm. Der Mann von dem ich spreche. Er lebt in einem Dorf, einige Tage von hier entfernt. Wenn jemand mehr weiß, dann er."

Es war der nächste Schritt, der ihnen den Weg zu ihrer Familie noch ein Stück näherbringen könnte. Doch sie wussten, dass dieser letzte Abschnitt der Reise der schwierigste werden würde. Wie viele Hindernisse mussten sie noch überwinden, um die Antwort zu finden? Trotz der neuen Hoffnung, die sie nun trugen, lag ein ständiger Schatten der Angst und Unsicherheit über ihnen.

Doch sie hatten sich immer wieder selbst bewiesen, dass sie nicht aufgaben – auch wenn es schien, als würde ihre Hoffnung wie die verblassenden Sterne am Himmel mit der Zeit kleiner werden.

Und so machten sie sich auf den Weg. Doch diesmal war die Richtung klarer als je zuvor. Ihre Eltern waren da draußen. Und sie würden sie finden.

Kapitel 37 Der Weg ins Ungewisse

Die Reise in das abgelegene Dorf, von dem der alte Mann gesprochen hatte, war beschwerlich und voller Unwägbarkeiten. Karl und Luisa reisten nun zu Fuß, da die Straßen oft unpassierbar waren und die Dörfer kaum noch Verkehrsverbindungen hatten. Der Winter hatte die Landschaft fest im Griff, und die Kälte schnitt tief in ihre Knochen. Doch auch wenn ihre körperlichen Kräfte fast erschöpft waren, trugen sie doch neue Hoffnung in sich – die Hoffnung, dass sie das letzte Stück der Reise, das zu ihren Eltern führte, bald finden würden.

„Es fühlt sich an, als ob wir die ganze Welt durchqueren, nur um einen Hinweis zu finden", sagte Luisa eines Abends, als sie am Rande eines Waldes in einem verlassenen Schuppen Schutz suchten. Karl nickte, obwohl er selbst den Gedanken hatte, dass sie sich nicht mehr so weit von ihrem Ziel entfernt fühlten. „Jeder Schritt bringt uns näher", sagte er leise, seine Augen auf das brennende Feuer in der kleinen Feuerstelle gerichtet.

Die Stille, die sie umgab, war drückend. Was einst ein lebendiger Ort war, war nun still und leer. Doch das Gefühl, dass ihre Eltern irgendwo dort draußen waren, gab ihnen die Kraft weiterzugehen. Es war ein grauer Nachmittag, als sie endlich in das abgelegene Dorf kamen. Die Häuser standen leer, mit bröckelnden Mauern und verfallenen Dächern. Doch es war nicht völlig ausgestorben. Ein paar alte Menschen hockten auf den Bänken auf einem winzigen Marktplatz, die Hände in ihren Ärmeln vergraben, um sich vor der Kälte zu schützen.

Ihre Augen waren leer, als hätten sie in den Jahren des Krieges ihre ganze Lebensfreude verloren. „Wir müssen herausfinden, wer uns helfen kann", sagte Karl und blickte sich um. In der Ferne bemerkte er eine Gestalt, die langsam auf ihn zukam. Ein Mann, von gebeugter Haltung und mit einem grauen Bart, der die Wangen herunterfiel.

„Entschuldigung, wissen sie etwas von einem Mann und einer Frau, die vor einigen Jahren in einem Lager waren? Sie wurden hierhergeschickt. Sie waren unter dem Namen Winter bekannt", fragte Karl, als der Mann nähertrat.
Der Mann starrte die beiden Geschwister lange an, als ob der die Frage noch einmal in seinem Kopf durchgehen musste. „Ja", sagte er schließlich, „ich erinnere mich an sie. Sie waren nicht wie die anderen. Sie kamen aus Deutschland, aus einem anderen Leben, als die meisten hier. Die Frau war krank, und der Mann war immer an ihrer Seite. Sie haben sich gut gehalten trotz allem."

„Wissen sie, was mit ihnen passiert ist?", fragte Luisa, ihre Stimme zitterte wieder, obwohl sie versuchte, die aufsteigende Angst zu unterdrücken. Der Mann schüttelte den Kopf. „Ich habe gehört, sie sind weggebracht worden. Ich glaube, sie wurden in ein anderes Lager geschickt. Aber sie haben mir nie gesagt, wohin. Das war damals üblich, wenn die Gesundheitszustände zu schlimm waren. Vielleicht wissen die, die noch hier sind, mehr. Aber sie waren nie die gleichen, als sie gingen. Die Frau... war schon fast zu schwach. Der Mann hat versucht, sie zu schützen."

Die Worte des Mannes hinterließen Karl und Luisa in einem Zustand zwischen Erleichterung und Angst. Sie waren auf der richtigen Spur, aber das Wissen, dass ihre Eltern in ein anderes Lager gebracht worden waren, und dass ihre Mutter sehr krank und schwach war, ließ ihre Hoffnung schwinden.

„Wer könnte wissen, wohin sie gegangen sind?" fragte Karl, sich langsam von dem alten Mann abwendend. „Ich kann es nicht sagen", antwortete der Mann, „aber fragt den Wirt des Gasthauses. Der hat damals viele von denen gesehen, die aus dem Lager kamen."

Also machten sich die beiden auf den Weg zum Gasthof. Die Atmosphäre im Gasthof war merkwürdig, als Karl und Luisa eintraten. Die Luft roch nach altem Holz und verschüttem Wein, und das leise Knistern eines Feuers war der einzige Laut, der die Stille durchbrach. Am Kamin saßen nur wenige, überwiegend schweigsame Männer und Frauen, die in sich gekehrt schienen.

Der Wirt, ein stämmiger Mann mit grauem Haar und einem finsteren Blick, sah auf, als sie eintraten. „Was kann ich für euch tun?", fragte er, seine Stimme rau und abschließend. „Wir suchen nach Menschen, die in den Jahren nach dem Krieg hier waren", begann Karl, ohne die Blicke des Wirts zu erwidern. „Es geht um einen Mann und eine Frau, die hier durchgekommen sind. Sie kamen aus Deutschland und wurden Winter genannt, sie wurden in ein weiteres Lager geschickt. Wir müssen wissen wohin."

Der Wirt verschränkte die Arme und schaute sie eine Zeit lang an. Dann seufzte er und nickte.

„Es gibt viele Geschichten von den Jahren damals. Einige habe ich selbst gehört, andere von denen, die noch hier sind. Wenn ihr nach Informationen sucht, dann werdet ihr die Antworten nur finden, wenn ihr tief grabt. Diese Geschichte... sie endet nicht, wie ihr sie euch vorstellt."

„Können sie uns helfen?", fragte Luisa, ihre Stimme quälte sich aus ihrer Kehle. Der Wunsch endlich zu wissen, was mit ihren Eltern passiert war, ließ sie fast ersticken.
„Es gibt einen alten Pfleger", sagte der Wirt schließlich.

„Er lebt im Haus am Waldrand, weit draußen. Er kannte viele von denen, die hier durchkamen. Vielleicht weiß er mehr."

Die beiden Geschwister machten sich sofort auf den Weg.
Das Haus am Waldrand war genauso trostlos, wie alles in dieser Gegend. Die Fenster waren schmutzig, und der Schnee lag unberührt auf dem Boden. Es war einsam, der perfekte Ort für jemanden, der sich von der Welt abgewandt hatte.
„Bist du sicher, dass wir hier richtig sind?" fragte Luisa als sie vor der Tür des kleinen Hauses standen.

„Wir müssen es herausfinden", antwortete Karl und klopfte an die Tür. Ein alter Mann öffnete. Er hatte das graue faltige Gesicht eines Mannes, der zu viel gesehen hatte und dessen Augen von dunklen Erinnerungen gezeichnet waren. „was wollt ihr hier?", fragte er grimmig.
„Wir suchen nach jemanden, der in der Zeit nach dem Krieg in einem Lager war. Ein Mann und eine Frau, ihr Name war Winter, sie wurden hierhergebracht. Wissen sie etwas über sie?" Karl fragte mit einer Mischung aus Hoffnung und Nervosität.

Der Mann schaute sie aufmerksam an und schien in Gedanken zu versinken. Dann nickte er langsam.

„Ja", sagte er. „Ich erinnere mich an sie. Sie waren unter den ersten, die hier ankamen. Und sie hatten dieses junge Mädchen bei sich, die an ihrer Seite blieb. Ich habe sie gepflegt als die Frau krank wurde. Sie... sie sind nicht mehr hier, aber ich weiß, wohin sie geschickt wurden."

„Wohin?", fragte Karl hastig, die Angst in seiner Stimme konnte er nun nicht mehr verbergen.
„In ein Lager in der Näher der Grenze. Ein weiteres Arbeitslager. Es war der einzige Ort, wo sie noch Menschen gebraucht haben. Ich hörte nie, was mit ihnen passiert ist. Aber ich kann euch den Weg dorthin zeigen."

Kapitel 38 Auf der Suche nach den letzten Antworten

Der Mann erzählte ihnen von dem Lager, das tief im Wald lag, versteckt vor der Welt.
Als Karl und Luisa sich langsam auf den Weg machten, war es, als ob die Geschichte, die sie so lange verfolgt hatten, endlich ihre letzten Kapitel erreichte. Doch auch der Weg dorthin war nicht ohne Gefahr. Der Krieg hatte alles verändert, und nur wenige wussten noch von den dunklen Orten, an denen der Schmerz verborgen war.

Aber der letzte Schritt – der letzte Schritt zu ihren Eltern – war noch immer ungewiss.

Die Tage wurden kürzer und der Winter schien nicht nur die Landschaft, sondern auch die Herzen von Karl und Luisa immer mehr zu erdrücken. Der Weg zum Lager war sehr lang, die Kälte drang durch ihre Kleidung und ließ ihre Glieder schmerzen. Doch was noch stärker war als die physische Erschöpfung, war der brennende Wunsch, endlich zu erfahren, was mit ihren Eltern passiert war.
„Wir müssen weiter", sagte Karl, als Luisa sich am Rand des schneebedeckten Waldes auf einen Stein setzte. Ihre Gesichtszüge waren eingefroren, und ihre Lippen zitterten. Doch ihre Augen brannten mit der gleichen Entschlossenheit wie zuvor.

„Ich weiß", murmelte Luisa, „aber es fühlt sich an, als ob wir gegen die Zeit kämpfen. Was, wenn wir zu spät kommen?"
Karl setzte sich neben sie und legte eine Hand auf ihre Schulter. „wir haben keinen anderen Weg. Wir haben den ganzen Weg bis hierhergeschafft. Wir haben keine andere Wahl als weiterzugehen."

Es war nicht nur die körperliche Reise, die sie erschöpf hatte. Der ständige Zweifel, ob sie wirklich eine Antwort finden würden, nagte an ihrer Hoffnung. Was wenn ihre Eltern bereits nicht mehr lebten? Was, wenn sie nie erfahren würden, was mit ihnen geschehen war? Aber auch der Gedanke, niemals zu wissen, ließ ihre Herzen noch schwerer werden.

„Es muss eine Antwort geben", sagte Karl entschlossen. „Und wenn es die letzte ist, dann müssen wir sie kennen."

Nach einiger Zeit, wurde der Wald immer dichter, die Bäume standen wie stumme Wächter in der Kälte, und der Wind brachte die Schneeflocken in die Gesichter der Geschwister. Sie hatten das Gefühl, in eine andere Welt einzutreten, eine Welt, die vom Krieg gezeichnet war, die von den Wunden der Vergangenheit geprägt war und deren schmerzliche Geschichte noch immer in den zerfallenden Wänden und den leeren Feldern zu spüren war.

Und dann irgendwann, stießen sie auf das Lager. Ein verlassenes Gelände, dessen Zäune aus rostigem Draht nur noch ein Schatten ihrer früheren Existenz waren. Es war das, was übrig geblieben war von dem Ort, an dem so viele Menschen gelitten hatten.

„Das muss es sein", flüsterte Luisa, ihre Augen auf die düsteren Überreste der Gebäude gerichtet.

„Ja", antwortete Karl, „aber es sieht aus, als ob hier niemand mehr ist."

Langsam und vorsichtig schritten sie über das Gelände. Der Boden war hart gefroren, und der Schnee war mit verwelktem Gras und den Überresten von zerstörten Gebäuden bedeckt. Es war ein Ort, der an das Ende der Menschlichkeit erinnerte, an all das, was der Krieg genommen hatte.

Doch tief in ihrem Inneren wussten sie, dass sie sich in der Nähe der Antwort befanden, nach der sie so lange gesucht hatten.

Am Rand des Lagers, wo die Reste eines einstigen Verwaltungsgebäudes zu erkennen waren, fanden Karl und Luisa einen alten, verwitterten Schrank. Es war ein merkwürdiges Stück der Vergangenheit, fast wie ein Relikt aus einer anderen Zeit. Als sie die Tür vorsichtig öffneten, stießen sie auf vergilbte Papiere und Akten, die von den einstigen Bewohnern des Lagers stammten. „Schau mal", sagte Karl und zog eine Akte heraus, deren Ecken sich zu lösen begannen. „Das muss ein Dokument über die Verschickung von damals sein."

Langsam durchblätterte er die gelben Blätter, auf denen sich viele Namen fanden – Namen von Menschen, die hierhergebracht worden waren und dann in andere Lager verschickt wurden.   Und dann zwischen den Zeilen fand er den Namen seiner Mutter. „Anna... Müller", flüsterte er, und seine Stimme brach. „Sie war hier. Sie war hier, Luisa!"
„Und Papa?" fragte Luisa, ihre Stimme kaum mehr als ein hauchzarter Ton. Ihre Augen suchten nach weiteren Hinweisen.

Karl blätterte weiter. „Ja... hier", sagte er schließlich. „Er auch. Papa. Aber sie wurden zusammen in ein anderes Lager gebracht. Ein Arbeitseinsatz nahe der Grenze. Es scheint, als ob sie überlebt haben..."
„Aber was ist dann passiert? Warum haben sie uns nie gefunden?", fragte Luisa mit Tränenerstickter Stimme.
Karl konnte keine Antwort finden. Was hatten sie nach der Verschickung getan? Hatten sie die Flucht versucht? Waren sie im letzten Moment getrennt worden? Er schloss das Dokument und starrte auf die verblassten Worte. „Wir müssen noch mehr herausfinden. Ich denke es gibt noch viel, was wir nicht wissen."

In der Nacht, als sie sich in einem verlassenen Haus auf dem Gelände des Lagers niederließen, schien es, als wäre die Dunkelheit ihre einzige Begleiterin. Doch der Fund des Dokuments hatte einen Funken Hoffnung entzündet. Auch wenn sie noch nicht wussten, wie die Geschichte ihrer Eltern endete, so wussten sie zumindest, dass ihre Eltern nicht vergessen waren. Sie waren ein teil dieser vergessenen Geschichte, die immer noch von den Überlebenden erzählt wurde.

„Es ist nicht das Ende", sagte Karl in der Dunkelheit, als er neben Luisa lag und die flimmernden Schatten der Lagerwände auf der wand tanzten. „Aber es ist ein Anfang", flüsterte Luisa.

Karl nickte, als ob er es tief in sich selbst fühlte. Vielleicht war die Antwort nicht das, was sie sich erhofft hatten, aber es war ein Schritt weiter. Und dieser Schritt, dieser kleine Funke Hoffnung, der sie immer weiter antrieb, war mehr als sie sich je hätten vorstellen können.

„Es gibt noch mehr zu entdecken, Luisa", sagte Karl und nahm ihre Hand. „Wir müssen weiter nach vorne schauen."

Kapitel 39 Ein neuer Anfang

Der Morgen brach an, doch der Schnee blieb unberührt. Der Frost glitzerte auf dem Boden, und die Kälte schien die ganze Welt in eine erstarrte Stille zu hüllen. Karl und Luisa standen auf, ihre Knochen steif vor Kälte, doch in ihren Augen, war ein neuer Funken zu sehen, eine Entschlossenheit, die stärker war als der Winter selbst.

„Wir müssen weiter", sagte Karl und blickte auf das Dokument, das er fest in der Hand hielt. „Die Informationen, die wir jetzt haben, sind der Schlüssel. Wir müssen mehr herausfinden, auch wenn es uns noch tiefer in die Vergangenheit führt."

Luisa nickte. Es war eine Stille, schwerwiegende Zustimmung. Sie hatten bereits zu viel gesehen um jetzt noch zurückzuschrecken. Der Krieg, die Verluste, die Dunkelheit – all das war Teil ihrer Geschichte geworden. Aber der Wunsch, ihre Eltern zu finden, trieb sie immer weiter.

„Wo genau ist dieses andere Lager?" fragte Luisa, als sie die Tasche schulterte, in der die anderen Dokumente steckten.

Karl blätterte die Akte erneut durch. „Es liegt an der Grenze zu Frankreich. Ein Ort, der während des Krieges von der deutschen Regierung genutzt wurde. Und jetzt? Ich weiß es nicht. Aber ich weiß, dass wir dahin müssen."

Die Reise war nicht nur eine Flucht vor der Vergangenheit, sondern auch eine Suche nach etwas, das größer war als die beiden. Etwas, das sie mit einem letzten Teil ihrer Familie verbinden konnte.

Die Reise zu diesem abgelegenen Lager, war die härteste von allen. Die Straßen, die sie führten, waren zum Teil immer noch zerstört.

Die Dörfer, die sie passierten, waren wie Geister aus einer anderen Zeit, deren Bewohner oft nichts anderes zu tun hatten, als in der Dunkelheit zu leben. Es gab keine Wärme mehr, keine Hoffnung auf Erneuerung – nur die leeren Überreste einer Welt, die auf den Kopf gestellt worden war.
„Was denkst du Karl?", fragte Luisa eines Abends, als sie an einem einsamen Feuer saßen. „Wird es das wert sein?"
„Es wird immer wert sein, Luisa", antwortete er leise. „Auch wenn wir nichts finden. Auch wenn es nur ein Fragment der Wahrheit ist. Wir haben das Recht zu wissen, was mit ihnen passiert ist.

Luisa nickte, doch die Zweifel waren immer noch da. Doch es gab kein Zurück mehr, kein Verstecken. Es war der einzige Weg nach vorne.

Am nächsten Morgen als sie weitergingen, veränderte sich die Landschaft, je näher sie dem Grenzgebiet kamen. Die Wälder und Hügel wichen der kargen Weite eines Landstrichs, der von den Spuren des Krieges zeugte. Die Gebäude waren alt, die Menschen kaum noch zu sehen. Doch immer wieder trafen sie auf Geschichten von Überlebenden, die von den dunklen Jahren erzählten, in denen die Grenzen wie Zäune waren, die Menschen und Schicksale trennten.

In einem kleinen, halb verlassenen Dorf fanden sie schließlich jemanden, der mehr zu wissen schien. Es war ein älterer Mann, der mit gebeugtem Rücken auf einem Fensterbrett saß und den beiden aufmerksam zuhörte, als sie von ihren Eltern berichteten. „Ich habe viele von denen gesehen, die hierhergebracht wurden", sagte er mit rauer Stimme. „Es waren sehr harte Tage. Das Lager von dem ihr sprecht, ist nicht weit von hier. Ein Ort den niemand besuchen wollte."

„Haben sie die Menschen gekannt, die dorthin gebracht wurden?", fragte Karl, der sich näher an den Mann heranbeugte. Der alte Mann schüttelte den Kopf. „Nur wenige. Aber ich erinnere mich an die Frau, als sie hierherkam, sie war in einem schlechten Zustand. Vielleicht hat sie überlebt. Wer weiß?"

„Haben sie eine Ahnung, was mit ihnen passiert ist?" fragte Luisa, die die Nähe des Mannes suchte, als ob er das letzte Puzzleteil in ihrem verzweifelten Bild halten könnte.
„Sie wurden alle verschickt", sagte der Mann, „Aber ob sie lebend an einen anderen Ort gebracht wurden – das weiß ich nicht. Vielleicht gab es noch Hoffnung für sie. Aber der Krieg... der Krieg nahm alles."
Es war eine Antwort die so unvollständig war wie alles andere. Doch in den leeren Augen des Mannes lag ein Funken Trauer, als ob er wusste, dass die Geschichte nie zu Ende erzählt werden würde.

Karl und Luisa setzten ihre Reise fort, trotz der wenigen und schlechten Antworten, die für sie unbefriedigend waren. Sie gingen weiter, weil sie wussten, dass sie irgendwann eine Antwort finden mussten, auch wenn diese nur ein weiteres Kapitel im Meer der Ungewissheit war.
„ich frage mich", sagte Karl eines Abends, als sie wieder am Rande eines Waldes rasteten, „ob es überhaupt eine richtige Antwort gibt. Vielleicht ist die Geschichte unserer Eltern eine von vielen, die nie abgeschlossen werden. Vielleicht gibt es keine einfache Wahrheit."
„Aber wir müssen es wissen", antwortete Luisa. „Denn ohne

diese Antwort... ohne das Wissen, was wirklich passiert ist, werden wir niemals richtig leben können."

Karl sah sie an, und diesem Moment verstand er die Schwere ihrer Worte.

Die Wahrheit war mehr als nur Wissen. Sie war ein Teil des Heilungsprozesses, der es ihnen ermöglichte, wieder Frieden zu finden. Und genau diesen Frieden wollten sie.
„Vielleicht gibt es keine einfachen Antworten", sagte Karl nach einer langen Pause. „Aber wir müssen es wissen, Luisa. Du hast recht, wir müssen wissen wie es zu Ende geht."

Schließlich nach vielen tagen der Reise, erreichten sie das besagte Lager. Es war ein Ort, der nur noch eine leere Hülle der Vergangenheit war. Es gab keine Spuren der Menschen, die dort gewesen waren. Keine Hinweise darauf, was passiert war. Nur verfallene Wände, zerbrochene Fenster und verwilderte Straßen. Doch dort, an diesem trostlosen Ort, fühlten sich Karl und Luisa dem letzten teil ihrer reise näher als je zuvor.

„Vielleicht ist es an der Zeit loszulassen", flüsterte Luisa, als sie in das verfallene Gebäude traten.
„Vielleicht", antwortete Karl. „Aber nicht heute. Noch nicht."
Der Wind wehte durch das zerbrochene Dach und trug den Geruch von Schnee und vergangenem mit sich. Der Krieg war vorbei, aber für Karl und Luisa war der Krieg in ihren herzen noch lange nicht zu Ende.

Kapitel 40 Die letzte Spur

Die Sonne stand tief am Horizont, als die beiden den zerfallenen Rest des Lagers durchquerten. Es war, als ob die Zeit selbst hier stehen geblieben war, und jeder Schritt auf dem kalten, schneebedeckten Boden erinnerte sie an all das, was sie verloren hatten und was sie zu finden hofften. Die Stille war erdrückend, nur das knirschende Geräusch von Schuhen auf dem Schnee war zu hören.

„Es muss noch etwas geben", sagte Karl, als er die Trümmer durchschaute. „Vielleicht gibt es noch Aufzeichnungen oder Hinweise, die uns weiterbringen."
„Oder vielleicht ist das alles, was es gibt," antwortete Luisa leise. „Ein leerer Ort, der alles verschluckt hat."
Karl blickte sich erneut um, entschlossen, das Letzte aus dieser Reise herauszuholen. Der Schnee lag wie ein weißes Tuch über der Erde, dass die Spuren der Vergangenheit verdeckten, und doch hatte er das Gefühl, dass irgendwo hier ein Fragment der Wahrheit verborgen war.

Und dann, plötzlich entdeckte er etwas im Schnee. Ein kleines, teilweise zerfallendes Notizbuch, das zwischen den Trümmern versteckt war. Es war nicht viel, aber es war etwas. Vorsichtig nahm er es in die Hand und öffnete es. Die Seiten waren von Feuchtigkeit verzogen und die Tinte teilwiese verblasst, doch die Worte waren noch lesbar. Es war ein Bericht – ein offizielles Dokument – das von der Verschickung von Menschen in ein anderes Lager sprach, aber es gab mehr.
„Luisa, hier steht, dass...", begann Karl und hielt inne. Es war ein Name. Ein vertrauter Name. Es war der Name ihres Vaters, Josef Müller.

„Papa?" Luisa trat näher und beugte sich über das Buch. Ihre Stimme zitterte. „Es steht hier", sagte Karl, „er wurde zu einem anderen Lager gebracht. Er hat überlebt – aber was danach geschah, steht hier nicht. Aber das bedeutet... dass er möglicherweise noch lebt. Aber von Mama steht hier nichts, wir müssen also davon ausgehen, dass sie... nicht...", die Worte hingen in der Luft und die beiden Geschwister fühlten tief in ihrem Inneren, das ihre Mutter Tod war. Sie hatte es nicht geschafft. Diese Tatsache traf sie hart und ihre Augen füllten sich mit Tränen.

Luisa sank auf die Knie und schluchzte. Sie ließ den Tränen nun freien Lauf. Die ganzen Strapazen und der ganze Schmerz, die Hoffnung und die Hilflosigkeit flossen mit den Tränen aus ihr heraus. Karl nahm sie in den Arm und wiegte sie sanft hin und her. Auch ihm liefen die Tränen über die Wangen. Sie blieben eine gefühlte Ewigkeit in dieser Stellung auf dem Boden sitzen.

Nach einiger Zeit standen sie auf und blickten sich gedankenverloren um. „Papa lebt noch", flüsterte Luisa mit immer noch brüchiger Stimme, „ich kann es fühlen."
„Das ist der erste richtige Hinweis, den wir haben", sagte Karl mit zitternder Stimme, während seine Hände das Notizbuch festhielten. „Wir müssen weiter nach ihm suchen. Es gibt noch eine Chance."

Die Nachricht, dass zumindest ihr Vater möglichweise, noch lebte, war wie ein Lichtstrahl, der in ihre Dunkelheit brach. Die Kälte des Winters und die Trauer um ihre Mutter schien weniger erdrückend, und der weite, graue Horizont füllte sich mit einem Hauch von Farbe. Doch der Weg war noch lang. Sie wussten sie nicht wo er sich aufhielt, und der Winter hatte das Land in einen tiefen, unzugänglichen Mantel gehüllt. Dennoch, die Hoffnung war zurück.

„Wir müssen alles wissen, Karl", sagte Luisa, als sie sich an einen Baumstamm lehnte und tief durchatmete. „Was wenn wir ihn finden? Was dann?"

„Dann werden wir ihm all die Jahre erzählen", antwortete Karl, „All das, was wir durch gemacht haben. Und wir werden ihn nicht mehr loslassen. Kein weiteres Verstecken. Wir holen ihn zurück, egal was kommt."

„Und wenn er uns nicht erkennt? fragte Luisa, ihre Stimme war kaum mehr als ein Flüstern.

„Dann wird er uns trotzdem erkennen", sagte Karl fest, „weil wir seine Kinder sind. Weil er uns in seinen Gedanken und Erinnerungen immer bei sich getragen hat. Das ist unser Recht. Wir sind seine Familie."

Luisa nickte, auch wenn die Unsicherheit noch in ihren Augen lag. Sie wusste, dass das Wiedersehen nicht einfach sein würde. Die Jahre die seit der Trennung vergangen waren, hatten tiefe Wunden hinterlassen. Doch der Gedanke, ihre Familie wieder zu vereinen, war alles, was sie noch hatten.

Es dauerte noch Tage, bis sie das Gebiet verließen, das einst das Lager gewesen war. Sie hatten die wichtigsten Informationen. Die sie brauchten, aber es war noch nicht genug. Karl und Luisa machten sich auf den langen Weg zurück, immer weiter Richtung Osten, wo das andere Lager gewesen war, von dem das Dokument gesprochen hatte.

Der Weg war einsam, und die Kälte schien mit jedem Schritt, den sie taten, größer zu werden. Doch sie hatten jetzt mehr als nur das Ziel vor Augen – sie hatten Hoffnung. Es war wie ein kleiner Funken in der Dunkelheit, der sich zu einem flimmernden Licht auswachsen konnte.

„Karl", sagte Luisa, als sie abends am Lagerfeuer saßen, „glaubst du wirklich, dass er noch lebt?"

„Ja", sagte Karl, „ich glaube es. Wir dürfen die Hoffnung nicht aufgeben."

Die Reise war mal wieder nicht einfach, und manchmal war es sehr schwer die Hoffnung zu bewahren. Doch jeder Tag brachte sie näher zu dem Ziel, nach dem sie sich sehnten. Die Kälte konnte ihre Körper erschöpfen, doch sie konnte die Flamme der Hoffnung nicht ersticken.

Kapitel 41 Das Treffen

Die Tage vergingen, und nach vielen schweren Tagen erreichten die beiden Geschwister schließlich das Gebiet, in dem das Dokument ihren Vater verortet hatte. Das Lager war inzwischen längst leer, doch es gab noch Spuren von Menschen, die dort einmal gelebt hatten. Der Wind trug den Duft von verbranntem Holz und verfallenen Gebäuden mit sich.

„Karl, sieh mal", sagte Luisa plötzlich und deutete auf ein Gebäude, das etwas intakter war als die anderen. „Da drüben, da ist etwas."
Sie gingen vorsichtig auf das Gebäude zu, ihre Schritte waren leise, als sie das Innere betraten. Es war dunkel und staubig, doch in der Ecke des Raumes stand ein Mann. Älter, gebeugt, mit durchdringenden Augen. Er hatte etwas, das in Karls und Luisas Herzen sofort ein Gefühl der Vertrautheit weckte.

„Vater?" Karl trat näher, seine Stimme zitterte.
Der Mann drehte sich langsam um. Die Augen des Mannes weiteten sich, und dann, nach einem Moment, trat er vorsichtig vor, als ob er es kaum glauben konnte. „Karl? Luisa?" fragte er leise.

„Papa!" Luisa konnte kaum noch sprechen, so sehr war sie von Emotionen überwältigt. Die Tränen liefen ihr über das Gesicht.
Es war ein Moment, der alles veränderte. Der Krieg, die Jahre der Trennung, die Zweifel – sie fielen von ihnen ab, als der Vater sie in seine Arme schloss.
„Ich habe nie aufgehört an euch zu glauben", flüsterte Josef Müller. „Ich habe nie aufgehört nach euch zu suchen."

„Und wir auch nicht, Papa", sagte Karl und hielt seinen Vater fest. Es war ein langer schmerzhafter Weg gewesen, aber am Ende war es endlich zu einem guten Ende gekommen. Sie hatten sich wiedergefunden.

Die Zeit verging nun sehr schnell, in einer seltsamen Mischung aus Glück und Trauer. Karl und Luisa hatten ihren Vater wiedergefunden, doch die Zeit und der Krieg hatten hier auch ihre Spuren hinterlassen. Josef Müller war alt und gebrechlich geworden, seine Augen trugen den Schmerz der Jahre. Doch er war da – er war bei ihnen, und das war alles, was zählte.

Die ersten Tage, die sie mit ihm verbrachten, waren von einer intensiven Stille geprägt. Die Worte, die nicht hatten sagen können, füllten die Räume um sie herum. Der Schmerz, der Verlust, die unzähligen Jahre der Ungewissheit – all das lag schwer auf ihren Herzen. Doch sie spürten auch, dass diese Stille nicht endgültig war. Sie war ein Raum für Heilung, für das Wiederfinden eines verlorenen Teils ihrer Familie.

„Ich dachte, ich würde euch nie wieder sehen", sagte Josef eines Abends, als sie zusammen am Feuer saßen, und das Knistern des Holzes den Raum erfüllte. „Der Krieg hat mich genommen, hat uns auseinandergerissen. Aber ich habe immer an euch gedacht. Immer."
„Es ist, als ob wir die Zeit überbrücken mussten", sagte Karl leise. „Als ob die Jahre uns nichts bedeuteten, jetzt wo wir wieder zusammen sind. Aber Mama fehlt mir trotzdem sehr."
Eine beklemmende Stille trat ein, und alle dachten an Mutter. Die Trauer war unfassbar groß, und der Schmerz saß tief.

„Wir sind noch hier", fügte Luisa hinzu, ihre Stimme ruhig, aber voller Emotionen. Wir haben überlebt, und das ist alles, was jetzt noch zählt. Die Vergangenheit können wir nicht mehr ändern, und sie kann uns nicht mehr zerbrechen."

In den folgenden Tagen verbrachten sie viel Zeit mit ihrem Vater, halfen ihm, wo sie konnten, und versuchten, die Wunden der Vergangenheit zu heilen. Der Krieg hatte so viele Leute zerstört, so viele Hoffnungen vergraben. Aber das Wiedersehen war ein leiser Aufschrei gegen die Dunkelheit, ein Zeichen, dass das Leben, egal wie sehr es gebrochen war, immer noch die Chance hatte, zu wachsen.

Josef erzählte ihnen von den Jahren, die er in Gefangenschaft verbracht hatte, von den Dingen, die er erlebte und sah. Er sprach von der Verzweiflung und der Hoffnung, die ihn immer wieder am Leben gehalten hatten. Doch seine Erzählungen waren immer von einer Wärme durchzogen – einer Wärme, die die Dunkelheit der Vergangenheit ein wenig erhellte.

Ein Jahr war nun vergangen, seit sie ihren Vater gefunden hatten. Die Zeit hatte die Wunden nicht geheilt, aber sie hatte sie weniger schmerzhaft gemacht. Karl und Luisa hatten gelernt, mit dem Verlust zu leben und mit den Erinnerungen zu kämpfen, die sie begleiteten. Aber sie hatten auch gelernt, dass das Leben weiterging – das es immer noch neue Möglichkeiten gab.

„Weißt du Karl", sagte Luisa eines Abends, als sie zusammen auf einem kleinen Hügel standen und auf die untergehende Sonne blickten, „ich glaube, ich habe verstanden, dass der Krieg nicht das Ende war. Für uns war er es, aber nicht für die ganze Welt."
„Ja", antwortete Karl nachdenklich.

„Es hat uns verändert, aber es hat uns auch etwas gezeigt. Die Wichtigkeit zu überleben. Zu lieben. Zu hoffen."

„Es war nie einfach", sagte Luisa. „Aber wir haben uns durchgekämpft. Und jetzt?"

„Jetzt bauen wir unser Leben auf", sagte Karl mit einem Lächeln. „Nicht das Leben was uns weggenommen wurde, sondern das Leben was wir uns zurückerobern. Für uns, für Papa, für alles, was wir überlebt haben."

Und so begannen sie, mit einem neuen Ziel vor Augen, das Leben zu gestalten. Der Krieg hatte sie gebrochen, aber er hatte sie auch stärker gemacht. Es war die Wunde, die immer noch schmerzte, doch sie hatten gelernt, dass die Heilung nur möglich war, wenn man sich der Vergangenheit stellte und sie nicht verleugnete. Sie hatten die Wahrheit über ihre Eltern erfahren, ihre Mutter war tot und ihren Vater hatten sie wiedergefunden und waren nun bereit, in eine neue Zukunft zu gehen.

Karl und Luisa wussten, dass das Leben nie perfekt sein würde. Aber sie hatten sich wiedergefunden, zumindest ein Teil ihrer Familie war wieder vereint, und sie würden gemeinsam vorwärts gehen. Die Erinnerung an den Krieg, an den Verlust, an die Verzweiflung würden immer ein Teil von ihnen bleiben – aber sie hatten auch gelernt, dass es immer einen Weg gab, weiterzumachen. Denn am Ende war das Überleben, mehr als nur ein körperliches Dasein. Es war das Festhalten an der Hoffnung, an der Familie, und an der Liebe, die selbst der größte Schmerz nicht zerstören konnte.

Ende

Epilog

Viele Jahre später, als Karl und Luisa alt geworden waren, saßen sie zusammen auf der Veranda ihres Hauses in Köln, wo der Krieg vor so vielen Jahren getobt hatte.

Ihre Kinder waren mittlerweile erwachsen, und auch ihre Enkel spielten auf dem Rasen. Die Sonne ging unter, und der Himmel war in ein warmes, sanftes Licht getaucht.

„Du weißt, Karl", sagte Luisa, „es ist merkwürdig. So viele Jahre sind vergangen, und doch fühlt es sich an, als wäre der Krieg erst gestern gewesen."

Karl nickte, seine Hand in der ihrer. „Ja. Aber wir haben das Beste daraus gemacht. Wir haben unseren Vater damals wiedergefunden. Wir haben überlebt. Und das ist das, was zählt."

Und in diesem Moment wussten sie, dass sie es geschafft hatten. Nicht nur das Überleben, sondern das Leben selbst. Sie hatten die Dunkelheit des Krieges hinter sich gelassen und in der Sonne des Friedens einen neuen Anfang gefunden.

Das, worüber hier in diesem Buch erzählt wird, darf NIE wieder passieren. Im zweiten Weltkrieg sind unfassbar viele unschuldige Menschen gestorben. Bitte helft mit dabei das sich diese Katastrophe nicht wiederholt. Das Wichtigste in unserem Leben ist. FRIEDEN.

Zur Autorin:

Mein Name ist Monika Pistel geb. Decker, 1978 in Leverkusen.
Bis zum 38. Lebensjahr wohnte ich in Köln.
Vor 8 Jahren bin ich dann nach Wipperfürth gezogen. Die laute
Großstadt war Geschichte und das ruhige Oberbergische
Wipperfürth trat in mein Leben, es ist eine Wohltat und ich habe
meine Zufriedenheit hier gefuden. Ich liebe es Bücher zu
schreiben, weil man so den Gefühlen freien Lauf lassen kann.
Auf Papier kann man sich so ausdrücken, wie man es mit Worten
nie tun könnte.

Weitere Bücher von mir:

-Mein Opa war ein Nazi

-Die Welt nicht mehr im Gleichgewicht

-Kim Lebt (bald verfügbar)

Wipperfürth, 24.04.2025

© 2025 Monika Pistel
Verlag: BoD · Books on Demand GmbH, Überseering 33,
22297 Hamburg, bod@bod.de
Druck: Libri Plureos GmbH, Friedensallee 273, 22763 Hamburg
ISBN: 978-3-8192-2766-0